# 詭異日常事件 Ⅳ

Creepy Six

點子出版
IDEA PUBLICATION

在你窺探黑暗之時，黑暗同時也在凝視著你。

# 目錄

# 詭異日常事件Ⅱ

序

讀者諸賢安好。咳嗯，時日太快，轉眼已是丁酉雞年。與此同時，各位見「詭」——一見發財的時辰又到啦。當然要慶賀慶賀！伙計，有客到⋯⋯Music！

——「啲啲啲⋯⋯打打打打⋯打啲啲打⋯打打⋯⋯啲打」

抱歉！全書第一句就向大家説甚麼見詭、一見發財、有客到及吹奏嗩吶！這樣太過不吉利了對吧！不過相信閱畢《詭異日常事件》且有廣闊胸襟的讀者，或被此書所散發出來的不祥氣息吸引而至的諸位是不會介懷的！

正所謂：鬼屋如果不恐怖又怎會吸引到探險者呢？驚慄小説亦然，所以每位讀者也是對黑暗的彼方充滿好奇心、試圖窺探黑暗的探險者。

而不幸地，在偌大書店中的一個細小角落裡，窺探到《詭異日常事件》此書，代表探險者你們已經將半隻腳踏進這個由詭異事物累積而成的泥沼之中了。

在你們當中，有部份探險者的好奇心特別旺盛，結

果他們不慎整個人滑進這個泥沼之內，更在令人窒息黑暗之中失去了意識。

　　當那些探險者恢復意識之時，發現自己獨自躺於一個比棺材寬不了多少的「劏房」內，沒錯，那就是香港人為香港人度身訂造的劏房。高官及巨賈都以劏房這偉大發明引而為傲——香港的競爭力就是因為有它作為基石方能取得世界第一！然而被困於劏房的探險者們卻感到渾身不自在，感覺到房中有股異常的壓迫感，心中不禁疑惑：「這種房間，真的是給人居住的嗎？」

　　抬頭仰望，探險者發現天花板置有一盞很長的電燈。那「長燈」是一條長約兩米之多的光管。「嗡嗡嗡……」它所發出的高頻率悶響令人欲搗住耳朵。雖然想關掉它，但探險者的直覺發出警告：若關掉它的話，可能導致非同小可的後果！

　　「先逃離這裡再說！」於是探險者打開房門，房間外的是一道狹長且燈光昏暗的走廊。走廊盡頭的出口，被一件尋常得來又帶點可疑的東西擋住了……

是一張殘舊的輪椅。

「那輪椅難道是屋主的『收藏』？」探險者小心翼翼地接近它，試圖推開它。這個時候，突然有一隻冰冷的手從後緊緊地抓住探險者的手！探險者心中涼了半截，回頭一看，竟然是一個垂著頭的小學生！

探險者閉起眼，深呼吸：「幻覺而已！嚇不到我的！！」果然，再度睜開眼之時小學生已消失，不過輪椅竟然緩緩地滑向探險者！

探險者恐慌起來，逃回劏房並鎖上門。這時桌子上有一碗熱騰騰的豬骨湯「拉麵」。探險者抵受不了誘人的香氣，大口大口地吸吮著拉麵，因為它有種難以言喻的滋味。

「這拉麵比《Old Weekdays》月刊介紹的甚麼『隱世小店自助極邪惡韓式芝士拉絲紫薯拉麵』美味得多，嘰嘰……為甚麼我不自覺地發出『嘰嘰』的笑聲呢！？」

連一滴湯也不剩地吃光後，探險者的電話傳來震動，

「WhatsApp」有一則由好朋友傳來的視像通話。畫面中的友人面目呆滯一言不發，背景是剛才的走廊。

探險者：「你為甚麼在這裡？不要以為故弄玄虛就可以不用你還欠我的債！」

友人唸唸有詞：「來玩吧來玩吧來玩狼人遊戲吧……」之後就離開畫面，發出了數下慘叫聲，通話完畢。

探險者大為緊張！又再度打開房門，眼前的光景即180度改變，變成一塊寬敞的平地。濃濃的夜霧令探險者有效視距不足十米，只看到前方的小路旁有一排東歪西倒的電燈柱，如一株株發出忽明忽暗燈光的巨型珍寶珠。友人的身影佇立於電燈柱下，並開始往前逃跑。

「喂，阿王！還錢！」探險者追趕著友人的背影，拼上老命地狂奔，沿著小路「跑步」。可惜友人已在霧中不知所終，在不知所措之際，前方有一道燈火通明的隧道入口。

「難道是出口？」探險者不假思索便竄進，並拾級而下……

「這、這是甚麼玩意！？嗚啊啊啊啊啊啊啊啊啊啊啊！！」

最後請謹記：在你窺探黑暗之時，黑暗同時也在凝視著你……

最後的最後，小弟在此要感謝本書的編輯 Dan，他嚴謹的編導令本書的質素提升至前三作未有過的高度！亦當然要感謝總編輯 Jim，令本系列作可以面世並交付於諸君手中，烙於心中。

而最最最重要的是感謝一直以來直接或間接支持小弟的各位讀者及「高登巴打、絲打」！知道嗎？你們活生生地令一個詭異事件誕生了──就是令知名度等同於「悉尼老鼠（網絡學名）」的《詭異日常事件》推出至第四集！真是一件令人感動流涕的詭異事件，嗚嗚……

（甚麼？你們說我感動得流淚？天大的誤會是也！

詭異日常事件 II

咳嗯，只是最近天氣太熱，熱得我眼睛流汗而已⋯⋯伙計，紙巾 Please！不，不要給我電腦桌邊的那盒⋯⋯Thanks！）

南凱因

詭異日常事件Ⅱ

「啊!!」清志從夢中驚醒回到現實,坐在一間 79 平方尺蠅量級劏房的床上發呆。他試圖回憶夢境中的情節,不過夢境的記憶如綿花糖般,悄為觸摸到就縮小繼而消失,如根本沒有存在過般狡猾。

他只依稀記得在夢中終於成功置業,歡喜若狂地飛奔回家,將好消息告知住在狹小公屋的雙親及分別就讀中、小學的兩個妹妹。當他一打開門,竟看到家人都變成一副副骸骨。四副骸骨一起以乾枯的手指抓住清志,責問他為何買回來的骨灰龕位竟如斯狹窄⋯⋯

「可惡!壓力已令我不勝負荷,連做夢也想買樓。而且最近時常聽到幻聽,這是思覺失調的先兆?」他自言自語並搖頭。瞥到那份攔在桌子上已近一星期的買賣合同,簽名欄懸空,簽與不簽,這是個問題。

常言道一念天堂一念地獄,但當下無論清志簽不簽下合同也好,都是註定是個地獄。

「反正提交限期是明天,那時方才決定吧!」

然後他走出劏房,到單位中的公共廚廁梳洗。

　　一打開房門，就看到一名身穿中東服飾的大漢由毗鄰的劏房走出來。他以手撫弄一下臉上的絡腮鬍，指向另一側的劏房，以不純正的廣東話向清志道：「Davis 早晨，小李昨晚連夜搬走了。」

　　「怎麼會這麼突然？他明明只是說下星期清明節回潮州掃墓而已！」清志一臉錯愕，半信半疑。走近小李的房間一看，果然財物都被搬走，只剩下垃圾一堆。

　　「我也不清楚，明明昨天他還與平常一樣，可能他不習慣香港的生活，回大陸去吧。臨行前，他不停地呢喃：『香港人真是有病！這種地方根本不是人住的！老子受不了！』」

　　清志的心中揚起一連串疑問及不協調感，覺得哈米德有事情在隱瞞。另一方面，他也理解小李的想法，不禁慨嘆一句：「我們香港人真是瘋得很徹底！竟強行將一個六百尺的單位分拆成六間劏房，環境實在惡劣……」

　　「我卻不同意，只要能賺到錢回鄉就足夠。阿拉與我同在。」

　　「……那麼，哈米德，你的同鄉真的已還錢給你了？」

　　「不用擔心……」哈米德沒有正面回應，就輕哼著歌回房去。

　　「又會這麼突然……」

　　清志走到廚廁，看到冰箱又壞掉了。門關上後又自動地彈開，傳出陣陣腐敗的臭味。

　　「明明昨天才維修好……不夠一天又故障，唉！」他強行關上冰箱的門，梳洗完後就回到自己的劏房。床邊的高清電視機正播送新聞：

　　「……分析師指出，雖然政府有意提高住宅物業買賣印花稅，加重『辣招』，但在住屋需求不斷增加下，實質效果存疑。預期本港樓市於未來一、兩年升易跌難，加上人均收入升幅持續跑輸樓市升幅，『上車』門檻將不斷提高。盼港府推出更多措施助港人置業，尤其是年輕人。下則新聞，因爭奪客人而參與毆鬥的地產代理員，警方……」

　　「買樓？哎！哪有錢！你連骨灰龕也買不起啊！還不快去工作！？」一個胖壯的西裝男突然出現並粗暴且晦氣地關掉電視機──他正是清志的上司，鼎鼎大名的「佛朗哥」。

「對不起！未完成的客戶簡報、年度報告、銷售預測……我現在馬上去做！」清志驚惶得方寸大亂地大喊，慌忙地尋找手提電腦。而劏房的空間實在有限，他的大動作不慎地牽扯到櫃子上的雜物，便被下墜的雜物擊中腦門。他終於清醒過來，那佛朗哥只是幻覺。

「我才畢業半年……壓力令我這麼快患上思覺失調！」清志抱頭地驚嘆。但當他望見跟前的手提電腦，便知道自己有沒有患上思覺失調並不重要，重要的是他能不能在今天內完成那堆未完成的簡報、年度報告、銷售預測……

他今天特地請了一天年假，就是為了可以完成那不可能的任務。

「喂！Davis，你發了電郵去通知客戶了嗎！？」佛朗哥胖壯的身子屈坐在門口與床之間的椅子上問。

「昨天客戶已回覆作確認……」

「那麼約見供應商呢？你還沒有回應我完成了沒有？」晾在房中的衣物擋住了站起身的佛朗哥的臉。

「你只是說要我通知客戶而已……沒有叫我去找供應商……」

「唏啊啊啊！你是聽力退化還是記憶退化？我明明有叫你的！」佛朗哥以手指抵住清志的太陽穴。

「我又不是你肚子裡的蟲⋯⋯你不說出口誰會知道？」

「真是氣死人！有錯也不認！如果你這樣無心聽別人的要求，不單只沒有出頭天，也沒有女孩會喜歡你這種人的哦！如果我是被你這種人追求的女孩，一定賞你一記耳光！另外啊，行政部有人投訴你濫用公司儲物櫃⋯⋯你最好明天請一日假，好好在家中反省，並做好那堆工作才好回來公司！」佛朗哥的手指使勁地按壓清志的太陽穴。

「哈哈哈！！」「噫嘻嘻嘻嘻！！」「哇哈哈哈哈哈！！」「嗚吁嗚吁吁吁吁吁吁！！」公司同事的恥笑聲在他耳邊奏起，竟然連嬰兒的啼哭聲也出現了，難道有同事帶了自己的寶貝返工司嗎？不，這裡不是公司，這裡是只屬於清志的小天地——劏房。

「你們統統都給我滾啊！！」清志歇斯底里地大喊。他毅然站起身，想逃出這擠逼的劏房來散一散步，紓緩壓力。

————————————————

一打開門，清志就看到三名幾乎同一式樣打扮的男

子。他們均身穿黑色T恤、牛仔褲，再加上一雙白色Adidas運動鞋，站在那兩間被改建為迷你倉的劏房之間的走廊上對話，似乎正在盤點倉內的貨物，都沒有意識到旁觀的清志。

　　說起來半年前的重陽節假期前夕，清志曾見過迷你倉的人盤點貨品，他們應該是每隔半年就會盤點一次倉庫。但這次似乎出了岔子，當中那名較年長的員工在訓斥另外兩名年輕的員工。清志一眼就認出那名留有誇張粉紅色「All back」髮型的青年人，因為他早前曾與劏房房客小李發生爭執。

　　「你們怎麼做事的？回答我，為甚麼連這麼一點小事也做不好？你們叫我怎樣向Dragon哥交代？」

　　被盤問的兩人並排而站，支支吾吾，說不出一句完整的答覆，垂頭喪氣。場面有如訓導主任在斥責沒有交功課的學生般。的確那兩個年輕的員工年紀與中學生差不多。

　　「你們是否啞了？我要的是答案啊！阿偉！是你負責一號倉的貨的，說！到底發生甚麼事？為甚麼會少了一盒？」訓導主任……不，年長員工揪起阿偉——粉紅髮色青年的衣襟。

　　「我……我真的點算好數目及鎖好倉庫才去找阿Yan

去吸煙……」清志有點佩服他的率真。

「你老母，整天只顧去出風頭去泡妞！辦一點事情也能搞垮？」年長員工焦躁得一掌拍下阿偉的天靈蓋，又道：「有甚麼可以作證明？我不是要你證明你有沒有去泡妞！是要你證明你剛才有點算好貨物數目啊！」

「……啊！這裡的租客……那個人可以做證！」阿偉終於發現在旁觀看的清志。

「我？」清志一臉吃驚，以食指指向自己。

「喂朋友！你前晚有否看到這個渾小子在工作？」年長員工充滿壓迫感地逼近清志的房門。

「哦！有啊，同屋的其他租客說有看到他在整理倉庫，而我亦的確看到他之後有鎖上倉門方離開。」清志本來打算誣陷一下這個弄壞冰箱的嫌疑犯，然而清志亦體會過那種上司故意冤枉的滋味，己所不欲勿施於人，所以他最後都是實話實說，可惜依然幫不了阿偉。

「就算你真的沒有偷懶，但貨物失蹤仍然是個結果，是你的責任！」

阿偉終忍受不下無理的指責，歇斯底里大喊：「你老

母！！關我鳥事啊！！我不幹啦！！！」，繼而暴跳如雷地逃出單位。

「喂不要走！」年長員工夥同另外的年青員工開始追捕行動。

「這樣就走？不擔心貨物又失竊嗎？」清志走出房間，在走廊上好奇地瞄了幾眼迷你倉內的環境。他看到約百個以上印有號碼及「小心輕放」字樣，約有沙鍋般大小的棕色紙箱由上至下，由左至右整齊排列在六層高的貨架上，管理者的用心態度可見一斑。

清志心想：「難道……是小李那天晚上的那個……？不可能吧，但貨物在這種情況下沒有甚麼機會遺失才對，遭小偷光顧的解釋比較合理……不過小偷要笨到怎樣的程度才會只偷一件貨物就滿足呢？而且區區損失一件貨物就喊打喊殺，果然倉庫內的瓷器都有可能是價值連城的古董！原來我身邊一直有這種貴重的貨物！

看來我要小心點，不要被人誤會我是小偷呢！真看不出路口那家寒酸的瓷器店有賣高級品！不過也是合理的，高級的東西需求量自然低，難怪每次經過瓷器店只看到老闆閒得要貓為樂……」

　　回過神來，清志發現自己快要走畢那陰冷的唐樓梯間。在樓下的大門外，一名婦人在焚燒冥鏹。他無意中聽到她與另一名婦人在低聲議論著流言蜚語。「鬧鬼」這個詞引來他駐足細聽：

　　「吳太，為甚麼光天化日在稟神？」

　　「哎呀莫太妳不知道嗎？最近這棟唐樓鬧鬼了啦！！」

　　「大吉利是！我真的不知道！」

　　「那麼前晚半夜三更，九樓的何師奶在大跳大叫，妳有沒有聽到她的叫聲？」

　　「有啊，我猜她又與丈夫吵鬧⋯⋯」

　　「不，據附近天后廟的龍婆説，她當晚在馬桶嘔出一頭『鬼仔』⋯⋯」

　　「不會那麼邪門吧⋯⋯」

　　「龍婆説那是有嬰靈作祟的徵兆⋯⋯」

　　「噫⋯⋯為甚麼會這樣？」

「龍婆説那些在臨盤前不幸夭折的嬰孩怨靈由於未能投胎轉世，就會找機會侵入活人身體內，讓人『吐』它出來，當作誕生在世上……」

「糟啦！我與她同住在九樓……」

「放心，這次可能是何帥奶時運低，不知在甚麼地方招惹到不祥的玩意回來……龍婆説這種事一般只會在陰氣極重的地方發生，例如是墓地附近。」

「這樣我便安心了……畢竟我們居住的這裡可沒有墳場之類的地方啊。」

清志卻安心不起來，聽得心臟怦怦作響，談虎色變。他疑懼著前晚發生的就是一椿靈異事件。（難道那個晚上我看到的不是幻覺？也不是幻聽？）他狐疑著的同時，就回想起前晚發生的怪事，那可能是房客小李昨晚徹夜搬走的原因。

當時清志晚上下班回來，方打開劏房單位大門，充斥著濃郁香料味的空氣撲鼻而至。他看到房客哈米德及小李擠在狹小的公用廚房埋頭苦幹。

「蠢材！你又放太多陷料！」

「反正冰箱太小，剩下太多陷料的話會裝不下的。勉強塞進冰箱又會弄壞它！」

「都怪你老是買易壞的便宜貨！」

「今天冰箱維修人員說冰箱的出氣口被塞而引致故障，肯定是你們塞太多東西進去才會這樣。」

「鬼才會！若果是我幹的話，第一時間將你整個人都塞進去！」

聽到他們那麼歡樂的對話，清志終於忍俊不禁。劏房單位充滿快樂的氣氛，使他今天在公司所受的怨氣亦被這裡的空氣稀釋。

之後眾人移師至小李的劏房中舉行品嘗咖喱角大會，小李急不及待打開令他自豪的音響組合增添氣氛。當然音響組合亦是購自淘寶的便宜貨，據他聲稱，不單是音響組合，房中的電視、電風扇、茶杯、LED 燈、觀音像、鉛筆盒、枕頭套、行李箱均是來自淘寶。他常說中國人就應該支持中國貨，可惜他音響組合內的音樂 CD 出賣了他——美國著名龐克樂隊 Green Day 的名曲目開始輪流播放。

這情景似曾相識，清志懷念起上學的日子，時常與同學在宿舍內舉行大食會，促膝長談。對，他潛意識仍認為

自己是個學生。

「嗯，這些咖喱角挺不俗，比旺角的那些還要美味！」

「美味的那些是我造的，不美味的那些是小李造的。」

「老子我還是第一次弄這些東西嘛，多多包涵吧！」

「那麼下星期小李你放假時再向哈米德拜師就行囉。」

「兄弟們，不好意思，下星期我就要回鄉一段日子……」哈米德的聲線變得低沉。

「你老家是出了甚麼事嗎？」小李顯得有點訝異。

「因為我儲夠錢囉！終於可以回鄉建屋、娶妻子！」哈米德興奮得手舞足蹈。

「喔！恭喜你！難得達成目標，千萬不要又借錢給你那個好食懶做的同鄉啦！」

「哼，不用擔心，就是因為他説今晚就可償還那筆錢給我，我才達成一直以來的目標呢！我現在終於有面目回鄉，感謝阿拉庇佑！」

「混蛋！你害我思念起在內地的老媽……因為做保安員的關係，連新年也不能請假回去探望她。而且她患有頑疾，一個人晚年這樣孤苦無依，真的很淒涼。老媽，對不起……」

「不要悲傷吧小李。你不是已約好你老媽（媽…）下個星期日清明節……」

清志突然停止說話，因為似是而非的詭異話語又於耳邊揚起。

「喂，你們有沒有聽到除我們外還有其他人在說話？」

「有嗎？我聽到：As my memory rests, but never forgets what I lost. Wake me up when……」哈米德左顧右盼，唸起Green Day 名曲《Wake me up when September ends》的歌詞。

「難道我真的由於工作壓力而患上幻聽？」

「我倒是聽到走廊外有人開門的聲音，我去趟廁所，順便看看。」坐於最接近走廊的小李已探身而出。

說起來自清志畢業、上班、搬到這裡的這大半年來，諸事不順。他真的有點懷疑自己因工作、金錢、人際等等

生活壓力迫得患上思覺失調,而產生幻聽。

「Davis 你面色怎麼這麼難看?一定是吃了小李造的咖喱角吧!來吃我造的,吃多點。」

清志認為能與哈米德及小李這兩個文化背景、性格截然不同的陌生人聊那麼投契,原因可能是因為大家都同樣被家人寄予重大期望,而聚到這劏房單位中為實現願望而努力的人。俗語不是有云:「同是天涯淪落人」麼?

這時,走廊傳出小李與人爭吵的聲音。清志與哈米德放下手上的咖喱角,走出去看,發現小李與一名留有粉紅色「All back」髮型、一身新潮裝扮的典型深旺系青年在互瞪,繼而互相推撞。青年看到小李有援軍出現,知道形勢不利,急急鎖上倉門並拋下一句:「人多了不起嗎?今次不和你計較!下次最好給我小心點啊!」就逃之夭夭。

「呸,無膽匪類!」

眾人回到房間,小李就開始解說剛才的事發經過。

「剛才我走到走廊,就看到那屁孩打開迷你儲存庫的門,在搬移倉庫內的貨物。我猜他是儲存庫的員工,沒有理會他,就前往廁所。」

「嗯，地產代理說這裡有些劏房已出租給附近那家瓷器店當作為迷你倉之用。不過我們一直河水不犯井水，你又為何與他槓上呢？」

清志對此有印象，因為介紹他入住的地產中介朋友提及過。

小李忿忿不平地道：「因為我上廁所前經過廚房，看到冰箱的門又被打開。這屋內只有我們與他共四人，而我們剛才離開廚房時冰箱門是被關上的！那麼一定是這屁孩打開冰箱的，他一定平日也有這樣做！說不定我們的冰箱就是被他弄壞的！」

小李當時無明火起，斥責他：「原來是你弄壞我的冰箱！快賠錢！」

「死大陸仔你是否精神有問題？我甚麼時候碰過你的冰箱啊？」

「你還打算抵賴？」

小李太過激動，一不留神就使勁推撞那青年的肩，弄跌了他手上的紙箱。

「你竟敢推我！？你知不知道這些東西有多麼值錢？

如果我手上的貨物被摔破，你賠也賠不起啊！你老母！」

「賠我的命給你好嗎！？」

……

說到這裡，小李氣得狂嚥咖喱角。

「然後呢？」我問道。

「然後……鳴鳴鳴！」小李臉紅耳赤呼吸困難雙眼反白，滿臉青筋，在地上掙扎翻滾，有如一尾剛被吊上岸的海魚，總之是一副痛不欲生的模樣。他明顯是被咖喱角噎住喉嚨，連腹腔亦鼓脹起來。

清志他們大為緊張，手忙腳亂地為小李施展急救，然而似乎沒有甚麼明顯成效。難道他真的要賠上性命？

「我、我們叫救傷車吧！」

「恐怕沒有時間！小李已雙眼反白，臉色發青口吐白沫！」

「啊！我想起同鄉教我的急救法！」哈米德邊說邊扶起在地上拼命掙扎的小李，並站至他後方，雙手環抱，

拳頭放置於小李肚臍上方。這叫哈姆立克急救法，曾救活不少被噎住喉嚨的人。然而，就算施予這種妙法，神奇地……立竿，卻不見影。小李那雙反白的眼珠，似乎已看到冥府隧道入口及身穿海關制服的牛頭與馬面。

「難道是施予的壓力仍不足以令到阻塞物排出（出…）？」清志情急之際隨手拿起櫃上的一件硬物，細看之下方發覺是一尊實心的觀音像。非常時期只好用非常手段，他毫不保留地以觀音像重重地捶向小李的腹腔上方。就算幻聽又再發作，清志也無暇理會。

第一下，有些許反應；第二下，小李的口部鼓脹起來；第三下，「嗚噁！噗……」小李終於吐出一大坨嘔吐物，透得過氣來。

但奇怪的事又發生了，雖然只是一瞬間，清志看到嘔吐物中有一隻青色類似倉鼠的異物彈至地上，再彈出窗外。不，與其說是倉鼠……不如說它的形狀更貼近於生物料教科書上出現過的「胚胎」，是剛成人形的胚胎……

清志聯想起明珠台經常重播的「明珠特級猛片──《異形》」片中的異形。

「哇啊！哈米德你有沒有看到？剛才小李他吐出一隻『異形』！」

「甚麼？『異形』？我只看到他吐出一大坨噁心的東西……」

「它、它是一頭青灰色的怪物啊！對啦，有點像那個……」

「那個甚麼？」

「是胚胎啊！孕婦照超聲波時看到的胚胎啊！」

「小李又不是女人……你說的東西現在在哪裡？」

「它彈出窗外去啦！你看地上不是有它的印痕麼！？」清志指向地下，的確有類似嬰兒大小的痕跡。

哈米德好奇地沿著痕跡走至窗邊，探頭而出。他東張西望一陣子後，沒有發現任何不對勁的東西，就將頭縮回來。

「你是否加班太累看到幻覺啦？還是休息多點吧……噢！阿拉！望著地上這堆噁心的東西，害我也有點想吐……」

　　及後，清志就召喚救護車並陪同小李去醫院看急診。
另外哈米德找他的同鄉喝酒去了。

　　抵達醫院後，幸而小李終於恢復神志。

　　「你有沒有大礙？差點以為你會死掉！」

　　「這裡是……醫院？我以為這裡是陰曹地府！剛剛我
真的看到人生走馬燈。看到有很多陌生人，有老人、有嬰
兒、有男人、有女人、有懷孕的、有健全的、也有殘疾的
人……總之甚麼人也有！他們都堆在一起向我招手！」

　　「幸好你現在已沒事，不用加入他們之列呢！但你有
否印象你剛才吐出了一頭類似於『嬰兒』的怪物呢？」

　　「甚麼意思？拜託，我剛剛醒來不要嚇唬人家！」

　　「呼，亦可能只是我的幻覺使然！」

　　「不說這個了！剛才迷糊中知道是你們救我一命，本
應該好好答謝你們，可惜我的錢都寄給老媽治病去，現在
一貧如洗，沒有甚麼東西可報答你們。不嫌棄的話請收下
我房間那尊觀音像吧！雖然是淘寶貨色，但已經開過光！
另外遲陣子請哈米德吃飯作為報答。」

「何足掛齒,萬一你死掉回來找我算帳的話,我才傷腦筋!大概連觀世音大士也救不了我!」

小李要留院一晚。清志獨自回到劏房單位的時候已是晚上十時。幫人幫到底,他走進小李的房中清理掉那些嘔吐物,然後就拿取那尊小李轉贈的觀音像回自己房中。他雙手合十雙目緊閉,虔誠地向觀世音菩薩像許願:「請保佑我今後工作順利平安大吉!並能結成功取得 Angela 的芳心!!」

祈禱完畢,他就將觀音像收至床底的行李箱中,待下次回家時將它送給信奉佛教的母親。

清志的心底仍不認為當晚的是靈異現象,當局者迷,他料想不到一連串的詭異事件已經揭開序幕,只是自己仍懵然不知而已……

他的意識返回現實,燦爛的朝陽與剛才昏暗的梯間有強烈對比,瞳孔收縮速度跟不上日光增強速度而令他感到暈眩刺眼。睜開眼,這條位於深水埗,由唐樓組成的雜亂街道與往日依舊,依舊令他這個在東涌土生土長的二十二歲社會新鮮人感到不適應。

經過粥店,粥香中缺少魚肉的鮮味,金黃色的油炸鬼相對上比較吸引。經過天后廟,重門深鎖,似乎仍未到天

后娘娘的辦公時間。經過瓷器店,店長在細心梳理櫃檯上那頭黃貓身上的短毛。經過棺材鋪,棺材壽衣乏人問津,亦從未曾目睹過這家店有「出貨」的場面。相信就算在店外貼一張廣告:「清明節中西式棺材大優惠!買一送一,多買多送!優惠期有限,欲購從速!」也不能助這家棺材鋪的業務起死回生。

清志巧合地與立在棺材鋪門外一名身穿黑衣,龍紋身的金髮壯男對上視線。他似乎是店員,亦似乎對清志的目光感到不爽,即時隨手拋掉煙頭,吐出嗆鼻煙霧。那充滿煞氣的眼神似乎在警告:「你望甚麼望?現在買棺材買一送一之餘,還附有一站式棺材送達服務——就是直接將你送入棺桶啊!你老母!!」

清志被嚇了一大跳,慌張地假裝接電話,避開他的目光。此時,電話真的響起來,來電者是清志的中學好友Richard。清志邊接聽電話,邊急步離開。

「喂清志!怎樣?那份合同你簽了沒有?」

「我現在仍未決定……明天才告訴你吧!」

「真沒眼光!如果我是你的話我一定即時簽下它,不要讓 Angela 誤會你是個沒信用的男人。」

「先不提這個，剛才聽到鄰居説我住的那棟唐樓最近好像鬧鬼啊！它到底是否凶宅來的？」

「當然不是啦！只是它比較殘舊令人疑心生暗鬼而已，一定是敵對地產商為了收購地皮而在裝神弄鬼！另外你已十分幸運了，知道嗎？你現在交的租金已是同區內最相宜的了！相同面積的劏房，其他物業代理一定向你索租 $2500 至 $3000，而且租給你的劏房還包免費 Wi-Fi 上網、高清大電視、PS4 遊戲機，真是夫復何求！再加上居民密度低，我敢與你打賭，在同區中你一定找不到相同的『筍盤』！」

「好啦好啦，不用説這麼一大堆廢話。我現在去吃早餐啦……」

「我會等你簽回合同的。差點忘了提醒你！明晚是一年一度的中學同學聚會，你不要又遲到啊！」

晚上九時，月亮彷彿被誰咬去一半，懸在被璀璨夜燈污染了的晚空中。晚空下由一排排參差不齊的唐樓構成的街道如一道道無機質的峽谷，意志消沉的清志在谷底渡步回家。

經過棺材鋪，仍沒有關門，焚燒香燭冥鏹的煙味洋溢於店外的行人路。他再不敢望入店內，深怕又與龍紋身的

惡漢四目交投。經過瓷器店，店長正打烊離去，黃貓慢條斯理地跟隨於他身後，繫於牠頸上的鈴鐺叮叮作響。經過粥店，青島啤酒已代替肉粥，枝竹火腩飯亦已奪去豬腸粉、油炸鬼的地位。經過天后廟，依然重門深鎖，似乎已經過了天后娘娘的辦公時間。終於抵達熟悉的唐樓樓下，他看到附近的街口堆起一座又一座由二手電器組成的小山丘，一個又一個南亞裔的現代愚公正忙於移山。

清志一邊以不穩的腳步拾步而上這於三月份而潮濕陰暗唐樓樓梯；一邊在後悔，沒想到自己竟白白浪費了寶貴的一天。工作已來不及完成，明天鐵定會被如假包換的佛朗哥給血祭。

回到劏房單位，一打開門，發現走廊的光景與平時有點不一樣——走廊的電燈並沒有開啟，漆黑一片。走廊中有一個高大的身影，那人手持著一個手電筒，站在迷你倉外。

「哈米德？是你嗎？」

「噢！Davis，是我！電燈又壞掉了！」哈米德對歸來的清志顯得有點意外。

「那我來幫忙吧。」

「不、不用，我剛才已修理好！哈，你看！已經沒有問題。」哈米德打開開關，走廊又恢復光明，照出他臉上似是與人毆鬥而留下的傷及沾得一身都是的白色粉末。

「你今天與人打架嗎？」

「沒甚麼……今天和朋友去喝酒，喝得人醉，回來時被人撞倒在地。啊，今天下午，附近那間棺材店被人縱火，鬧得挺大的！」哈米德離開迷你倉，試圖轉移話題。

「棺材鋪也會遭人縱火？真是奇聞……」

「當時我走到棺材鋪附近，看到一個渾身傷痕的青年提著一個罐子，一邊怒氣沖沖地喊著『燒你他媽的全家！』，一邊闖進店中。我們認得他，他就是前晚與小李爭執的青年。」

「是真的嗎？那名青年應該只是瓷器店的倉務員而已。他又到底與棺材鋪之間有甚麼過節？」

「我也不太清楚！總之之後聚集在店內的人都爭相逃出店外。其中有婦人捧著香爐逃出來，她被人推跌，香爐跌在地上被摔破，弄得滿地灰燼。那時的場面真的十分混亂。我被捲入其中及被人撞倒，如狗吃屎般伏在地上。」

「那你好好休息吧。」

「好的，對了，Davis 你明晚甚麼時候會回來？」

「明晚有聚會，可能半夜凌晨才回來⋯⋯為甚麼這樣問？」

「沒甚麼，只是好奇問一問而已。」說罷後哈米德就回到自己的房中。清志總覺得哈米德有點不對勁。不過他現在沒有餘力去管他人的閒事，因為明天就要決定是否簽署合同。他回到自己的劏房中，拿起那份合同並凝視，又覺得不勝後悔。

為甚麼清志會落得這個進退失據的困境？

事情要由一星期前他與 Richard 的一通電話談起⋯⋯

───────

「喂，清志傳聞你最近生活過得不太愉快喔，沒有問題吧？」

「我知 Richard 你做地產代理做得很風光。你一早打電話給我，難道只是想嘲諷？」

「當然不是啦！我怎麼可能去嘲笑相識多年的好兄弟呢？我是說我又有好東西推薦給你啦！」

「難道又想遊說我買甚麼露天泊車位？」

「不是！」

「日本物業？」

「全錯！正確答案是：結交女友的機會！」

「我現在這個處境仍不是結交女朋友的好時機，有錢有樓才會有女友！所以現在首先要努力向上爬……」

「哎喲，個多月前的情人節，不知是誰在 Facebook 上抱怨身在男人堆中，鮮有機會接觸異性而大放單身怨念呢？」

「…………」清志被點中死穴，頓時啞口無言。心中暗暗佩服 Richard 仍是那麼準確地抓住別人要害，再加以利用。

「好了不要誤會，我真的不是想嘲諷你！不要說我不關照你，我工作的地產代理公司將於今晚八時在九龍塘獨立豪宅舉行雞尾酒派對。屆時有很多年輕貌美的女孩、模

待兒、甚至千金小姐出席哦！你就來見識見識吧！」

　　當晚，清志躊躇滿志地步出九龍塘地鐵站 E 出口，看到一個身材略胖略矮的西裝男。那人滿臉不耐煩地跺腳、抽煙，是老朋友 Richard，他一如以往是個急躁的人。

　　「清志你又遲到啦！與你相識十多年來，你沒有時間觀念這個缺點仍然沒變。」Richard 推著清志往住宅區前行。

　　「只是遲到五分鐘而已。地鐵班次不是經常延誤嗎？所以不用這樣大驚小怪。況且離派對開始還有一個多小時，時間充裕。」

　　「知道嗎？我們早一步到，就早一步比他人捷足先登！機會從來不會留給沒有準備的人，也不會留給有準備的人，因為它早已被先知先覺的人搶光啦！我們香港社會的核心價值是『競爭』。」

　　「哦，不愧是早我四年投身社會的前輩！看來你在社會大學所學到的東西比我在理工大學所學到的多！」

　　「你是在諷刺我學歷低嗎？」

　　「不是啊！之前聽你說你做地產代理平均月入六萬

元，極為羨慕你呢！」

「OK，說回正題，我已留意到，為甚麼你要穿這種廉價西裝，一副寒酸的樣子？」

「甚麼？這套西裝已經是三千多元的高級貨色來的了！」

「你知道嗎？我們出席的是上流世界的派對！我穿的這套「阻住阿媽黎」(Giorgio Armani) 西裝足夠買十套你穿的所謂高級貨了！要記著這個社會是先敬羅衣後敬人，就算是沒有實力，也要裝出一副我最棒最有實力的樣子！」出師未捷，清志的內心世界已發生「李察 (Richard) 特製」7.8 級強烈地震。位處震央的自信鐵塔左搖右擺，有隨時倒塌的危機。

雞尾酒派對正式開始，於獨立豪宅庭園內，碧藍的泳池蕩漾出耀目的燈光，爵士樂隊在演奏出輕快跳躍感十足的韻律。酒香、燒烤的肉香、香水的人造香味交織出複雜的空氣。而場內賓客多為盛裝打扮的青年男女，看來都是富豪後代。Richard 正以公司代表的身分忙於招呼賓客。清志感到格格不入，渾身不自在，坐在沙發一角靜靜地喝雜果賓治。當雜果賓治杯中只剩下冰粒的時候，沙發的一角傳來震動。他轉首一望，看到一位身穿白色修身式連衣裙、頭披柔順秀髮的女子，她手上亦握著一杯雜果賓治。

（該死！我又看到幻覺了！）

　　女子似乎感覺到一旁的灼熱視線，就向視線發射源報以溫柔甜美的微笑。清志看到微笑，知道少女時代的林嘉欣就坐在咫尺之間，只能反射式傻笑及點頭回應。之後二人在沙發並排而坐，開始有說有笑。他得知這名少女名叫 Angela，是應屆的大學畢業生，正準備投身社會。

　　清志感覺到這大半個小時，是他這大半年來渡過的最美好的時光。為甚麼只有大半個小時？因為 Richard 忽然不識趣地冒出來。

　　「嗨 Davis 你真有眼光！請問你身旁的這位充滿氣質的小姐是？」Richard 口說氣質，卻以下流的眼神打量著 Angela。

　　「幸會，我叫 Angela。Daddy 今天突然有要事在身，所以未能出席貴公司的晚宴，我就代他出席，還望見諒。」她率先禮貌地回應。

　　「Oops！原來您就是張生的千金 Angela！失覺失覺！他經常說很自豪自己有一個懂事聰明且漂亮的女兒！」

　　之後 Richard 亦坐於沙發上，加入對話。清志心中泛起不快，這並不是因為被人介入對話，而是知道 Angela

原來是千金小姐的身分。他很後悔吹噓自己是個月入五萬元的新晉商界菁英分子。這種廉價謊言絕對騙不了貨真價實地活在上流階層的人。

　　試問商業社會又有否會有灰姑娘這種童話故事呢？有是有，不過只會出現在迪士尼樂園與上演在電視屏幕中的韓國偶像劇。

　　Richard 引領著話題，漸漸地涉獵至金融財經、地產投資方面。

　　「你們猜猜？為甚麼現在香港人人都發狂般想買樓？」

　　「Daddy 說因為住宅物業的投資回報率很高。」

　　「而且需求大！低風險！」

　　「嗯，你們的看法都很主流，然而在我的專業角度來說，這太保守，而且投資住宅款項巨大。你們知道嗎？投資骨灰龕位其實是個更佳的選擇！」

　　清志從來未曾聽聞過有人炒賣骨灰龕。不過他不覺得驚訝，反正香港是個神奇的地方，甚麼東西也有被人炒賣的機會。而一旁的 Angela 似乎對這個話題產生了興趣。

　　「好吧，我解釋一下我的論點：香港每年平均死四至五萬人，加上人口老化問題，龕位未來每年需求量有增無減。另一方面，公營骨灰龕位卻停止供應。這是一個簡單的經濟學問題——沒有供應，需求卻不停上升，其必然的結果是市價亦會跟隨上升。試想想，不論是你或我，人人終究有死去的一日，人死樓空。人卻會永恆地沉睡於安置它的地方，所以龕位的需求量一定會超越住宅」

　　「那為甚麼會比買樓有更好的回報？」

　　「因為炒賣骨灰龕將會成為新投資趨勢啊！要知道炒賣行為就如火災一樣，只會愈燒愈旺！愈炒愈貴！」

　　「哦，原來如此。」清志點頭稱是。

　　「對了！不得不提我公司將提出一個革新的地產項目，是有關投資骨灰龕位……啊，老是說這些不太好！你們有興趣的話我才透露更多……」Richard 故作神秘。

　　「有啊有啊！向來對新穎的項目最感興趣！」

　　「……嗯，當然我也有！」

　　「嘻嘻！你們真有觸覺！是這樣的，我們公司有以樓花形式來銷售高密度、複式可『轉名』骨灰龕位！一般私

人龕位索價十一萬至六十萬不等，而我們的『龕花』價格更親民，分別只售四、五及九萬元，最低消費為六萬元，可以分期貸款方式購買。估計未來升值潛力極高，分析更指推出後數年間至少可漲價一倍以上！」

「此話當真！？」

「當真！而且龕位入伙後亦可如住宅物業般，租予有需要之人士，每個複式龕位正如劏房般，可裝下八個骨灰龕，租金最高收入更可達每月兩千元！」

「哇！好厲害啊！我對這個計劃很感興趣！回去後要即時通知 Daddy 才行！啊，Davis 你認為呢？」Angela 以水汪汪的目光投向我們的新晉商界菁英分子。

「嗯、當然有興趣！我打算認購……嗯，反正區區數萬元而已，就認購兩個龕位來玩玩！哈哈、哈哈哈哈。」

「人家一直都覺得有決斷力的男性很有魅力啊！」Angela 挨近清志，她秀髮上的芳香佔據他的鼻腔，她柔軟的手心亦不知有心或無意，輕輕撫過他的手背，使他的心臟即時每分鐘劇烈跳動百餘下。

「啊哈！您們今天的明智抉擇將成為明日致富的關鍵！機會是屬於先知先覺的人！！來，每人一杯『齋·

馬天尼 』（Dry Martini）！乾杯！」高舉酒杯的 Richard 有幾分似里安納度‧狄卡比奧。

———————————

清志當晚認購「龕花」的目的除了不想被 Angela 小覷，也不想犯以前的過錯。

在清志大學時期他有一位不俗的女朋友，可惜最終被她甩了。女朋友在分手時向清志說：「你實在是太悶太沒情調啦！每次我與你一起外出吃喝玩樂，你都不太願意花點錢！就算我說替你付錢你也礙於甚麼原則而拒絕！結果每次只有我一個在吃東西、買東西，你卻在一旁呆望著我，十足以觀摩動物園中的黑猩猩的目光來看我！這樣我們根本不算是對情侶！」他極為後悔。

所以清志手上的所謂「買賣合同」其實就是兩個價值四萬元「龕花」的分期付款合約。現在新的悔意不斷湧出，因為他每個月所得約一萬五千元的薪金，當中一萬元需要上繳以作為家用。現在他卻背上八萬元的債務去為「龕花」供款。這已大幅超過自己能力，最後他決定唯有明晚去拒絕 Richard。

「到底是有錢先還是有女友先呢？這是一個謎……」

　　翌日，清志已知道大難臨頭。縱使已通宵工作一晚，卻只完成了一半左右的文件，他認為工作量實在不合理——對比起他微薄的薪酬來說並不合理。

　　一回到辦公室上司佛朗哥就屬聲地喊清志，要他到人稱「小黑房」的小型會議室「開會（處刑）」。接下來的下午，清志根本無心戀戰，走到頂樓洗手間發呆。他剛剛已收到警告信乙封。在沒有犯大錯的情況下收到警告信，比犯上大錯而收到解僱信更令人感到悲憤。

　　清志走到大廈頂樓的非公開洗手間以冷水潑面，為怒火降溫並閉目靜思。

　　「……」

　　「是誰？」

　　突然，清志聽到身後傳來一句高八度的且不知所云的叫聲。他睜開眼，跟前的鏡子倒影中只有自己一人而已，便將注意力集中於身後有分別半掩及完全關上的廁格上，方感覺到這個洗手間有種陰森的感覺。

　　洗手間正門砰一聲地打開，清志被嚇一跳。來者何人？原來是年輕同事 Tommy。清志腦內的 I.F.F（敵友識別信號）轉為綠燈，代表他是公司內唯一與自己站在同一陣

線的人。看手持香煙打火機的 Tommy，似乎又如往常一樣到這人跡罕至的洗手間忙裡偷閒。

「他們都在嘲笑你上班不足一年就已收到警告信，前途真是無可限量云云……哈，壞的東西常混入好的東西內，有如糖衣陷阱。很多時候敵人未必一定是公司外的競爭對手，反而是公司內的所謂『同事』。」

「隨他們吧，我不在乎。」清志有氣無力地回應在一旁抽煙的 Tommy。說時遲那時快，Tommy 已推門進入他的專用的廁格。

「等等！廁格內有人！」

「有啊，那人就是我囉。你太過緊張了……這種時候代表你要好好休息放鬆一下，不如晚上與我連線玩《最後生還者（The Last of Us）》吧！」尼古丁煙霧四溢。

然而此時的清志連玩電視遊戲的心情也沒有，懶得思考，只想靜靜地等待下班去喝酒喝個痛快！

———————————

「乾杯！」「飲勝！」「不醉無歸！」

　　今夜的海風既溫暖且帶給人些許初夏的感覺。人生的初夏，正是二十年華，在尖沙嘴星光大道旁的露天酒吧外，數個正值初夏的年輕人在舉杯暢飲，進行一年一度的中學同學聚會。清志亦為其中一員，才剛剛喝完今晚的第二杯「芝華士綠茶」雞尾酒。他在心中納悶為甚麼一向守時的 Richard 仍未到，有意向侍應添酒。

　　「喂 Davis，不要這麼早就急於灌醉自己吧！這樣做太沒趣啦！」清志身旁的同學阻止了他。

　　「對嘛對嘛，現在才剛開始不久呢！」

　　「好啦，我們不等 Richard 啦，立刻開始分享近況吧！Kevin，由你先開始！」

　　「Well……沒甚麼可說，從 England 留學回來後就被介紹去 Uncle 任職的 International firm 去當見習 Manager……這份工作薪金雖有 3 萬多 HKD per month，而且前途不俗，By the way，實在太過 Boring！每天都 Nothing to do here。噢！Jesus！I'm a prison！」

　　清志在心中嗤之以鼻，飲起偷偷下單添的第三杯芝華士綠茶。

　　（一個英文科不合格，考不上香港本地大學而唯有靠

財力升學海外的人，回來後靠人脈踏上早已鋪好的平坦人生路，還有甚麼不滿呢？我每天疲於奔命認真工作，薪金卻不及你的一半！）

「哦哦！真好！」

「也介紹我去你公司吧！」

「OK，我會問一問 Uncle。Then your turn，Derek！」

「可憐我沒有像 Kevin 般有這麼好的工作機會啊！我呢，年多前副學士畢業後做過數份工，可是沒有一份工可以待超過兩個月。之後就一直失業，慘成為雙失青年……唉！我現在仍未能適應這個殘酷的社會！真慘！」

清志在心中不屑，飲第四杯芝華士綠茶。

（可是你常在 Facebook 上炫耀四處去遊山玩水、吃喝玩樂的事跡啊！去日本旅行的次數比我去日本城的次數多；換女伴的次數比我換新衣的次數多。你這個副學士畢業就有千尺住宅單位作為畢業禮物的人有甚麼值得人可憐的地方？）

「所以我知人人都在我背後笑我是個雙失『廢青』……不要提我的傷心事了，Irene 妳呢？聽聞妳工作

得很辛苦？」

「我嘛……剛剛出來工作時的確很辛苦。因為日間要上班，有時更要被迫加班至深夜；晚上又要抽時間出來去畫畫，平均每晚只可以睡上五至六小時。甚至因沒時間陪男朋友而被人甩了。不過呢，開一個屬於我的個人畫展是我由小至大的夢想！為實現夢想，無論再辛苦也是值得！」

「妳、妳是如何撐下去的？真的佩服妳！」清志發自內心地讚嘆。

「其實沒有甚麼特別啦！每當我覺得自己快撐不下去時就會播《無間道》來鼓勵自己！我要告訴自己──我的夢想可沒有被倉促的日常工作壓碎成灰燼，吹散於這個維多利亞港啊！」

清志聽到後拍手叫好。

「哈哈！現在還聽《無間道》？很 Old-school 啊！我喜歡聽新歌，在 England 唸書時聽……」

「這有甚麼好笑？我的電話鈴聲也是用《無間道》啊！」

Kevin 的說話被打斷，覺得被人冒犯了，便故意嘲諷：「就是字面上的意思，這首歌太過老土、Outdated。Hahahahaha！」

清志的逆鱗即時被觸動：「你這種……你這種沒付出半點努力的人，有甚麼資格去恣意踐踏、嘲笑他人！」

「Ha！我沒有踐踏在他人之上啊！如果勉強說有，只可怪那些既沒有 Talent 又沒有社會地位的 Poor guys 自願竄到我腳下被我踩。」

「不准你否定別人所付出的努力！」激動的清志要出醉拳，擊中 Kevin，兩人隨即扭打起來。你一句我一句，拳來腳往。

「你只是運氣好罷了！」

「你一日住公屋，一世也是 Poor guy！」

「你這假洋人！」

「You son of a bitch！」

一旁的同學們都被這意料之外的狀況嚇得手忙腳亂，笨拙地試圖分開兩人。

「放開我！我一早想教訓他！明明 DSE 考試分數只有我三分之一，憑甚麼……」這時終於有人能制止如一頭蠻牛般的清志。

「足夠了，清醒點吧清志！」原來是姍姍來遲的 Richard。「我代清志向大家道歉！他生活得不太如意才會這麼憤世嫉俗，我送他回去。嘻嘻、嘻嘻！」

「不用道歉啊！清志一直是個腳踏實地而努力的人，我很欣賞他！」爛醉的清志未聽及 Irene 的稱讚，就已被 Richard 等人抬走。

在的士駛往深水埗的路上，清志躺在後座，口齒不清地呢喃著「人人都狗眼看人低」諸如此類的晦氣説話。Richard 在旁邊引導他：「如果不想被人瞧不起，就要有錢，要有錢就要靠炒賣——這也是香港代代相傳的核心價值！來吧，向我認購多幾個龕花吧！」

「但……我沒有錢……」

「不用擔心，錢我可以免息借給你！誰叫我中學時常欠你錢！」

「你真為朋友設想……不枉我那麼信任你……」

「夠啦，不需要那麼肉麻啦，總之我們有錢齊齊賺！將來我們是香港第一批以炒賣骨灰龕位而致富的傑出青年！那麼説好了，明天一早我就代替你認購十個龕花！」迷糊中，清志第一次慶幸有 Richard 這個朋友。

想起龕花清志就聯想起 Angela，欲問及她的聯絡方法時，的士將前進速率降至零，車窗外顯示出這裡是他居住的深水埗桂林街。Richard 瞄一瞄咪錶，掏出一百元予的士司機。與濫收車資相反，司機竟然拒收車資，一臉怒容：「今晚算老子倒楣，我不收你們的錢。快下車，走走走！」

「為甚麼不收車費？我們的樣子似黑社會、惡霸嗎？還是瞧不起我們啊？」突然被驅逐，Richard 一臉狐疑地扶友人下車。

「大吉利是！你們的錢是死人的錢，這種陰質錢豈能收下！連死人也不放過，當心有報應啊！」司機拋下這句同時踩盡油門，紅色的車影很快就消失於街道盡頭。

「那麼有骨氣？抵你一輩子當的士司機！」Richard 對街道盡頭方向猛吼，清志知道他畢生最討厭被人瞧不起。

清志別過 Richard，獨自攀登這條因潮濕而發出陣陣異味的唐樓梯間。那些細小的雜音如：嬰兒啼哭聲、野狗吠叫聲、不知從哪裡傳來的轉孔聲、風嘯聲在梯間回蕩著。

不過他沒有心情去留意傳入耳中的聲音，因為他已醉得視野模糊，頭暈轉向，唯有以焊於牆壁上的老舊扶手借力而上，因而弄得滿手鐵鏽。他心中感慨自己有如一頭活在溝渠的老鼠。

清志打開劏房單位大門，一打開門，這條貫通全屋的走廊又呈現漆黑一片，幸好仍可憑梯間漏出的燈光來看出內裡大致的輪廓。他看到黑暗中有一個高大的身影在搬動東西。

「哈米德⋯⋯電燈又壞了嗎？」

「⋯⋯」那黑影沒有理睬清志，同時加速搬動一個個正方形的影子。

「⋯的⋯我⋯孩子⋯呢⋯⋯我」

「哈米德⋯⋯是你嗎？你在說甚麼話？」清志忍著酒醉帶來的暈眩感，一邊喊道，一邊伸手摸索走廊電燈開關。對方依舊沒有回應。接著「啪！」一聲，電燈開關應聲被打開，可是它在失控地閃爍。這已足以令他看清整條走廊的環境。

其中一個迷你倉的倉門被打開，而前方的人的確是哈米德，他正背向清志，將倉內一箱箱的貨物搬到一個足以

裝下一個成年人的袋中，袋子綁著一台手推車。

「你……你甚麼時候當上倉務員的？」

「……」

「喂！說點話吧！難道你……是在偷人家的貨物？」清志上前輕拍哈米德的肩膀，豈料遭受到他激烈的「回應」。哈米德轉身，左手一推，將清志緊緊按在牆壁，動彈不得。由於胸腔被壓著，呼吸困難。

「放……放開我！」

「嘻嘻嘻嘻嘻……我發達啦、我發達啦！嘻嘻！」

「你想偷別人的瓷器？」

「想不到你們中國人會將金沙放在這種地方……嘻、你看你看！這裡活像是一個金礦嘻嘻嘻嘻！」

「甚麼？」清志腦殼內一片混亂，這裡明明是存放瓷器的迷你倉，怎可能會有金沙，不如說有存放有一盒盒的「金莎」還比較合理。

「我有錢啦！我要回故鄉娶妻，我要回故鄉起大屋，

我要回故鄉幫助很多很多的兄弟們！嘰嘻嘻嘻嘻嘻嘻嘻嘻嘻嘻嘻！！」哈米德將臉湊近清志而笑得面容扭曲，吐出如冰箱內那些腐肉的惡臭氣味。在閃爍不斷的燈光下，清志方留意到眼前人雙眼泛紅，眼珠以快得看不清的速度在不規則地轉動⋯⋯

突然，清志被那壓在胸前的手推開，一屁股摔在地上，尾龍骨發出刺骨之痛，痛得站不起身子。同時哈米德將裝滿「貨物」的袋子拉上拉鏈，抬起它飛快地逃出劏房單位。

「很痛⋯⋯為甚麼會這樣⋯⋯這不是平常的哈米德⋯⋯」痛楚終於緩減下來，同時發現地上有少量白色灰塵散落，自己當然亦被沾上。他勉強立起身子，拍拍黏在身上的粉塵，從門縫偷望一下迷你倉內的光境——倉內內凌亂不堪，一盒盒的貨物都被掃跌於地上。清志猶豫著應否報警去舉報淪落成為盜賊的鄰居。他一邊沉思，一邊左搖右擺地走往走廊盡頭的廚廁。閃個不停的燈光令他更覺暈眩⋯⋯一切一切都令他想作嘔。

在廚廁中，清志關上那擋路的冰箱門，就到馬桶前嘔吐大作，嘔出不少穢物。及後洗個澡，終於清醒不少。剛才所發生的事猶如酒醉而發的夢，沒有任何實體感，然而他心中很明白剛才發生的事是事實。他最後決定裝作不知情，不報警舉報哈米德，因為他平常是個十分照顧別人的

好人。他可能是因為被同鄉背叛，受到太大打擊才會一時糊塗，作出那些反常的行為。而且紙包不住火，他剛才犯下的事遲早會東窗事發……

「咯、咯、咯，咯咯咯。」這個時候，似乎有人在敲清志身後的廚廁門。他心想：「難道哈米德回來了？抑或是事情那麼快就被迷你倉的人發現？」他轉身一開門——都猜錯，是一名身穿淺白色帶粉紅花圖案旗袍的陌生女子。

那女子身型比較高挑壯碩，一下子幾乎擋住了整個廚廁出口，而清志更要微微仰望她的臉，然則她卻沒有俯視來看比她矮一個頭以上的清志，所以他們視線沒有對上。

「請問……妳是誰？」

「門開不了，我進不去。」女子說完這句，就逕自慢步走至小李的房門前，面向房門，一動也不動地佇立著。

「好啊，我來幫你……」清志跟隨其後，心想：「哦，她是新來的租客。很少看到這麼高大、古色古香的女人。也罷，深水埗是個龍蛇混雜之地，甚麼人也有……」

及後，清志上前向房門一推，門竟輕易就被打開了。女子沒有甚麼表示，就進入房中，慢慢地關上房門。

（真是奇奇怪怪的人⋯⋯）

清志渡步返回自己的房間。他已不想去思考任何東西，已覺得很累，累得幾乎一合上眼就可睡著的狀態。果然，他跳上床鋪的數秒後，已失去知覺。

―――――――――

「咯咯咯咯咯咯⋯⋯」有人急遽地叩門。

「⋯的⋯我⋯孩子⋯呢⋯⋯我」

「是誰⋯⋯這麼夜了⋯⋯還要阻礙人家安眠？在說甚麼？」清志勉強撐開如繫上千斤重鉛塊的眼皮，如喪屍般走近房門，開門，一見發財。

清志看到剛才那名陌生女子，不過和稍早之前的她有點不一樣⋯⋯她那淺白色旗袍的褲襠位置被染上一大片濁黑的污漬，血腥味、腐臭味揮之不去，直教他作嘔！他一抬頭終與女子四目交投，這可是真正的「觸目驚心」——她的雙眼有兩顆明顯突出眼眶的腥紅色大眼珠，另外她口角都裂開了，嘴唇猶如塗上以鮮血作成的唇膏！

清志被眼前異物嚇得正想退避三舍之時，那女子早已伸出既長且尖的手指向他襲來——不，說是爪子比較貼

切，它一下爪住他的頸子，將他鉤在半空。由於頸子被緊緊勒住，莫説是尖叫求救，就連呼吸也是件極度困難之事。他耳朵嗡嗡作響，分不清是否幻聽。

「…的…我…孩子…呢……我」

（難道……它在找「孩子」……難道……那是小李當晚吐出來的那頭怪物？）

意識漸漸游離。在最後一刻，清志感受到眼前那嚇人的事物進一步走入自己的劏房……

「嗚啊啊啊啊！」清志猛然驚醒，發現自己仍身在床上，四周並沒有任何異樣。他慶幸這原來只是噩夢一場，同時卻恨現在只是凌晨一時許，來自膀胱的壓力在逼他去一次廁所。

「只是惡夢而已！不用自己嚇自己！！」清志為了壯膽，特地打開電視機，將音量調高。這樣一來整個劏房單位都能聽到電視節目內的勁歌，相信任何能勾起自己可怕聯想的雜音都會被掩蓋吧。然後，他小心翼翼地打開房門，走廊的電燈依然在閃爍著。他的潛意識仍在提防著甚麼，繃緊著神經，一步一步前往廚廁，想像不到短短不足十米的走廊，比回東涌老家的距離還要遠。他走至小李的劏房門口前，門是敞開的。往內裡一看！甚麼也沒有，只有一堆垃圾。他在心中歡呼，心魔已被戰勝了。

「嘩啦啦……」清志舒暢地排出身上多餘的水份。用手關掉水龍頭的時候，他隱隱地感覺到有點不對勁的地方……是甚麼地方不對呢？對了，從剛才上廁所時開始，電視機的音樂就已經中斷……

他狐疑地探頭而出，卻看不出走廊上有任何異樣。於是他往房間前進，又走到小李的房門前，再鼓起萬二分的勇氣往內裡張望……幾乎想停止自己的呼吸，因為「那女人」已將半身探出窗戶外，那個青灰色的怪物跳出的窗戶……

「剛才所發生的詭異事件……**不·是·個·夢！**」

同時清志又聽到不尋常的聲音。

「嗚……哦……」「逼……」「接我……出…去……」「嘰嘰嘰……」

那是一些似人非人的呢喃聲、怪叫聲、呻吟聲，仿似有很多「人」聚集於一處……

清志不爭氣地頭擰至小李房對面的迷你倉，是那個剛才遭哈米德洗劫過的迷你倉，然後，他整個人僵住了。半掩的倉門內似乎有一些不尋常的動靜……終於，一見發財──他看到迷你倉之內堆滿了一雙雙赤足……它們堆疊

得很高、很高，疊至天花板……而那些赤足都不盡相同：腐爛的、燒焦的、發青的、殘缺的、扭曲的，包羅萬有，同時在蠕動個不停，有如人肉層層疊！

清志的腦袋混亂一片，安撫不下已寒得結霜的心肺，也驅使不了發軟的下肢去逃命！

「這…這這是甚麼一回事！？」他找不出合理的答案，只是知道逃命要緊！逃往哪兒？當然是先逃出這個可怕的劏房單位再算！可悲的是，他猛然回首，已看到鄰近於玄關的那兩個迷你倉的門已被推開，一對對長得可怕的手已由倉中伸出來，慢慢伸向他身處的地方。而清志身處的地方也不見得多好，他又看到一個個駭人的頭顱由身旁的迷你倉伸出，它們都死瞪住著清志這個不速之客……

幾乎無路可逃的清志，帶著俱裂的心膽連滾帶爬地逃回前向自己的房間，關上門，敲門聲、啼叫聲此起彼落。他已魂飛魄散了，雙手已不受控地抖個不停。

不幸中的大幸是房外頭那些不吉利的事物似乎是無法破門而入的。遇上這種史無前列的詭異狀況，他當然是第一時間報警求助，不過可恨地，他那台以耗電量快而著稱的 Xony Xperia 智能電話已耗盡電力。更可恨的是，他竟然將充電器放在手提電腦的公事包中，他又習慣地將公事包遺留在公司儲物櫃內。佛朗哥罵得他很對，這就是濫用

公司儲物櫃的後果。

清志幾乎絕望了，他的心一直被房門外的詭異事件煎熬著，深恐它們下一剎就會破門而入……

「怎麼辦……怎麼辦！不！越是危急的處境就越要冷靜！快想想求救辦法啊！」

他幾乎抓破頭皮的時候，望到櫃上的那台 PS4 遊戲機。就知道上天關掉你一道門，會仍為你開一扇窗！沒錯，這個房間有免費 Wi-Fi 提供，而 PS4 遊戲機可藉 Wi-Fi 與其他 PS4 遊戲機連線。沒錯，這是清志的最後一根救命稻草！

啟動 PS4 遊戲機，Wi-Fi 訊號亦變得有點不尋常，平常 Wi-Fi 名稱為「The king has come」現在已變為「陪我玩吧陪我玩吧陪我玩吧」這堆文字。不過管他的，只要能連上網絡世界就行。登入網絡後清志就開啟朋友清單，果然，看到同事 Tommy 仍在玩《最後生還者》！他當然即時加入遊戲並開啟聊天功能。

「喂喂喂！Tommy 在嗎？」

「喂？清志？你那邊很多雜音呢。是否有很多人在你家？」

　　「這這這些果然不是幻覺幻聽！一場同事，你要救我啊！」這時清志已看到有些鐵青色的手臂在拍打他的窗戶。

　　「哈哈！第一次遇到有人用 PS4 來求救！」

　　「我是認真的，他媽的認真的！長話短說……」

　　…………

　　「……真的是匪夷所思，但聽到你房間的拍門聲愈來愈猛烈，大概遠水不能救近火吧。」

　　「難道真的是死路一條？為甚麼我偏偏遇上這種不幸的事？」

　　「冷靜點，你家中有沒有神像、護符的東西？說不定可派上用場……」

　　「啊！我記起來啦！我床下底有尊已開光的觀音像！」

　　「很好，你可以雙手將它捧在胸前，然後一直低頭，屏息地注視它來逃出你家。」Tommy 說得頭頭是道。

「好……如果星期一你仍看到我上班的話，我鐵定會請你食午飯啊。」

清志慌張地拿起小李贈送的淘寶觀音像，極之擔心它的真偽，但現在只有這個不是辦法中的辦法！於是他背起裝滿家當的背包，以冒汗的雙手捧著觀音像，口齒不清地唸誦「南無阿彌陀佛」，鼓起畢生的勇氣打開房門……門外，依然是一片「人滿為患」的地獄。他垂下頭，屏息注視著胸前的觀音像，一步一驚心地往前行。他感覺到這條路比他二十二載人生中所走過的路還要長，因為數之不盡的怪手及頭顱都在他身周遭360度揮舞著，不時更會被觸碰到。他已被由迷你倉湧出的詭異事物包圍，而怪叫聲當然不絕於耳。

「……放我……出…去！」

「餓餓……餓餓……餓…餓。」

「竟……然…忘記…我…啊！」

「……嘰嘰…嘰嘰……」

「不要……拋下…我。」

「爸……爸…媽呢…？」

「將兒……子還……給我！」

「……我不…會原……諒…他們！」

「可恨……啊！」

「……很…掛念……」

「不…肖子……孫！」

　　走至一半時，他發現前方被一個「人」給擋住。但他不敢抬頭，因為前方那個「人」沒有穿上鞋，穿著淺白色旗袍……不祥的粉紅花圖案在旗袍上綻放著……

　　清志感受到自己的生命或許已走到盡頭。他唯有以僅存的理性去停住腳步，等前方的「人」走開。可是數分鐘過去，它依然沒有走開。清志雙腳開始發麻，快要站不穩，因為他感受到頸背被許多雙冰冷且僵硬的手在撫掃著。

　　他嘗試對前方的「女人」作出溝通：「大大大姐……有怪莫怪……小朋友不懂世界……我我真的不知道妳的……孩孩子在那裡！或者它只是去找朋友去玩……」

　　「…………」它依然沒有半點回應。

　　「求求妳放…放小弟一條生路……大家都是鄰居一場……啊！我知道妳……不，你們都不想住在這種地方……不不如我替妳們找那個將大家困在這…這裡的混蛋出來算帳……有怪莫怪……」

　　「嗚哦哦哦哦！」怪異無比的喊叫聲傳出，清志跟前的「女人」就慢慢往後退，不單如此，連其他手手腳腳頭顱殘肢也縮回各自的迷你倉之內。整個劏房單位又回復至屬於午夜的沉寂……

　　「呼嚇……呼嚇……」深夜二時許，明月高掛，月亮光光。清志終於逃離那個名副其實的人間地獄，猶有餘悸地喘息。這時，他呆望著街角那家棺材店，再走近置於附近的垃圾桶，看到兩塊沾有白色粉末的瓷器碎片，再憶起那名似有黑社會背景的龍紋身男，再掏出「龕花」的認購文件，就恍然大悟了。

　　接下來，當然是找令他陷入是次詭譎事態的人算帳。

　　清志抵達位於大角嘴的奧海城維港灣的入口，Richard正是居住於其十八樓的一個單位。這時形跡可疑的他引來其中一名在巡邏中的中年保安員注意。

　　「先生，看也知你不這裡的居民，私人重地，閒人免進啊！」保安員擺出一副輕蔑的態度。

　　「我找十八樓G室的林榮昌先生……有重要事找他。」

　　「半夜三更有甚麼重要事？……你再不離開我就報警！」

　　清志想起Richard教誨：「就算是沒有實力，也要裝出一副我最棒最有實力的樣子！」

　　然後就掏出電話免提耳機，高調地道：「林生！剛剛

紐約股市狂瀉，我已照您吩咐去拋售二十萬股⋯⋯另外你急需的交易紀錄文件我已找到⋯⋯可是對不起！我現在已在您樓下，保安員先生卻說要報警甚麼的⋯⋯是是是、對不起⋯⋯小的負擔不起您的損失！」清志將耳機遞向保安員「之後有甚麼事發生，希望你仍有向上級解釋的機會。」

　　成功瞞天過海，清志終於抵達 Richard 家門前。他按了近十分鐘門鈴方有人來應門，應門者並非 Richard 本人，而是一個他認識的「陌生人」——Angela。但經歷過剛才那自出娘胎以來唯一的詭異經歷後，已沒有甚麼事情可以撼動到他的了。

　　「叫 Richard 出來，我有重要事情找他。」

　　然後，不知所措的 Angela 就拉住睡夢惺忪的 Richard 出來開門。

　　「你找我這麼急有甚麼事？先旨聲明，我和 Angela 是昨晚才開始的⋯⋯兄弟一場不要為女人而不和。」

　　「這個你不用解釋，我也不是傻的，你們串通來引我買毫花也不是甚麼出奇的事。」

　　「兄弟你果然誤會我了⋯⋯」

「誤不誤會這不重要，我現在只要求一個解釋——你公司租給我的劏房單位，它是否一個非法骨灰龕場來的？」本來淡定的 Richard 聽到質問後開始作出一些小動作。

「甚麼人對你説這些鬼話？那些迷你倉只是存放瓷器而已⋯⋯」

「沒錯是瓷器，而這些瓷器，正是用來裝骨灰的骨灰龕！這真相我是親自考證而發現！那三個迷你倉都是樓下那家棺材店租來存放骨灰龕的倉庫，難怪每逢重陽節、清明節就有工人將所謂的『瓷器』搬來搬去！其實就是將骨灰龕搬至棺材店內供親屬拜祭！」

「⋯⋯」

「無話可説嗎？説不定你所賣給我的『龕花』就是這些所謂的『迷你倉』！你真夠朋友啊！枉我當你兄弟，你就當我契弟！」

Richard 終於按捺不住而反駁道：「放骨灰龕又如何？對你有甚麼影響？你還不是住了差不多一年！」

「你又知不知道單位內一名住客嘔出邪靈；另一名住客被它們迷惑心竅而將骨灰當作成金沙；而我，剛才就差

點命喪於充滿怨靈的劏房內啊呀！」

「哈！看來你今晚醉得很徹底！這只是你們疑心生暗鬼而已，又可能是敵對地產商在裝神弄鬼，我收到消息他們有收購該區唐樓地皮的計劃。」

清志看到 Richard 輕佻的態度，已勒緊拳頭，巴不得痛毆他一場。不過他已成長了，決定「以理服人」。

「好吧，既然你不相信，要不要和我打賭？我們交換住兩晚，到了後天你仍覺得沒問題的話，我就向你認購二十個龕花，並對此事不作追究。相對的，如果你中途放棄，就要取消我的劏房租約及龕花合約，同時要償還我這大半年來繳付的租金及按金。」

「想唬爛我？沒這麼容易！我送 Angela……不，Alice 回去後就去你的劏房住！」

「為防你耍賴，你要每隔八小時就用我房中的 PS4 遊戲機錄一段一分鐘的遊戲片段，同時上載到 Facebook 以作為證明。另外，不準帶電話。」

「沒問題！我要你輸得心服口服！」

「最後，畢竟是舊同學一場，我手上有尊已開光的觀

音像，相信可保你平安。」

「哼！心領！Alice，收拾好之後我們就走！」清志的手被 Richard 用力一推，他的好意就伴隨著觀音像，摔破於地上成為一塊塊沒有價值的碎片了……

清志躺在 Richard 客廳沙發上闔眼：「香港人真可悲。在生時要住劏房，連死後也要住在劏房之中……」

————————————

「喂！起來！起來啊！」在沙發上熟睡的清志感覺到被人猛烈地推拉。睜開眼，眼前人是蓬頭散髮的 Richard，他渾身散發著一股阿摩尼亞味，同時看到窗外旭日初升，推測現在已是翌日早上。

「昨晚……劏房是否熱鬧得令人睡不著呢？嘻嘻！」

Richard 板著鐵青的臉，一手拿起放在桌子上清志的寵花合約，發狂地將它撕成廢紙，吆喝道：「你立即滾回你東涌的破公屋！我沒有你這個朋友！以後不要在我面前出現啊！滾啊！！」

————————————

數個月後。

「……新發展商公佈：他們已與深水埗桂林街舊樓居民達成共識，成功取得所有業權。該地皮將作重建之用……」

清志與同事 Tommy 坐在公司附近的「抵富茶餐廳」內，一邊食午飯一邊看新聞報道。

「對不起，之前答應請你吃午飯，要等到現在公司發了花紅才可以兌現！」

「明白的，你當時要為妹妹準備升讀大專的學費嘛。」

「一直想問你當時是怎樣知道使用觀音像這個方法的？」

「其實呢……我只是在『Yahoo 知識』看過類似的東西，所以隨口說給你聽而已，因為當時以為你只是在開玩笑，哈哈！那麼你之後有沒有再看見你的地產從業員朋友了？畢竟你說他最後並沒有返還租金給你……」

「不知道呢，還是算罷，我認為像他這種為錢而操弄別人安身之所的人，遲早會有惡報的。不過，還是希望他能醒過來！」清志以複雜的心情道出感想。

「……下一則新聞，昨午因爭奪客人而引發的地產代理員群毆事件，警方已由途人拍攝的影片證據作出調查……」

新聞片段中，被一群地產代理員圍毆的那名身穿「阻住阿媽黎」（Giorgio Armani）西裝的地產代理員，他伏在地上爬行的樣了，有幾分似電影《復仇勇者（The Revenant）》中，那名被灰熊襲擊而身受重傷的里安納度·狄卡比奧。

詭異日常事件Ⅱ

　　家揚跨出守衛森嚴且陰暗的閘口，抬頭仰天，方發現陽光原來是如斯的耀眼。與此同時，他立即擁抱起前來迎接他的兩人——母親嫻師奶及女友阿婷。

　　「等了兩年，終於等到今日！家揚你要改過自新啦！人家還等著你娶我的！」

　　「對啊兒子，以前的事就忘記它，以後要生生性性做人，不要辜負人家啊！」

　　家揚報以微笑回應她們，同時，他又覺得有點不安，回首望向監禁了他兩個寒暑之多赤柱監獄，閘門口的獄卒依舊神情肅穆。

　　「大吉利是！不要回頭望啊！快點回家，我準備了柚子葉給你洗澡。」

　　家揚當然是知道出獄後不可以回頭望，但他對獄中一名獄友的告誡極為在意：

　　「邪氣橫行，你出去以後要萬事小心喔，不然會害身邊的人陷於萬劫不復的境地。信我，我替人批命十餘載，從沒出過差池！不，我曾算錯一次，結果累自己琅璫入獄！這樣吧，你我尚算有緣，我有件法寶可助你逢凶化吉……」前晚獄友「風水昆」凝重地道。他一邊收下家揚

全部的香煙，一邊將一件手工製的木雕娃娃遞給家揚。

傍晚，家揚在床上呼呼大睡時，被一通電話給弄醒，他與對方談上幾句後便即時更衣出門，抵達位於深井的一家名為「龍心拉麵」的食店。

「好兄弟！終於等到你了！！」家揚甫一進店，就受到前幫會大哥，綽號「Dragon哥」的男子歡迎，並領他至客房中招待。

「Dragon哥！剛才你在電話說自己轉行做正當生意，我還以為你只是開玩笑而已！」

「兩年前你坐牢時我就金盆洗手啦，之後正正經經地經營骨灰龕場，這樣既能幫助有需要的人又能賺錢。可惜……你老母！最後給人壞了我的生意！幸好之後幫會內有義氣兄弟出讓這家拉麵店給我……不談這些了！以我們十多年兄弟情義份上，不妨單刀直入，來這裡和我一起打江山吧，像以前一樣！」

「求之不得！我也想重新做人！要當甚麼職位？我以前在茶餐廳廚房待過一段日子的！」

「兄弟……其實給予你的任務是關乎到拉麵店的存亡……」

「是甚麼任務？」

「説起來有段故事。本來我們龍心拉麵自開張以來生意一直都不俗，而巷口那家又貴又難吃的『日之亭』九洲拉麵店根本不是我們的對手，不久就關門大吉，我們就成為這條小巷的獨家拉麵店。可是半年前，日之亭重新開業後，生意竟然蒸蒸日上，反之我們店的生意卻每況愈下！客人都被它搶去，你老母！所以我想你……」

「喔！明白了！你想我帶手足去搞鬼、恐嚇他們嗎！？」

「妖你！我們現在是正當人家，不會做這種事！現在不是逞兇靠拳頭就可解決問題的世界，一切都得動腦筋！我想你去當『臥底』，去找出他們拉麵的秘方。」

家揚心想這種手段其實比當面恐嚇對方還要卑劣，不過他沒有當面駁斥，因為他深知 Dragon 哥素來脾氣暴躁。

「那麼……我應該如何做『臥底』？」

「呼……方法我早就已替你想好啦！」Dragon 哥滿意地吐出煙圈並弄熄煙蒂。

「哇！又不是 TXB 的肥皂劇！現實上不會這樣順利吧！」家揚禁不住內心的質疑。

「妖！有甚麼好怕？又不是要你潛入警隊做無間道，雖則你長得有三分似劉德華。放心！我們有幫會眾兄弟作強大後盾，一定會成功的！按計劃行事吧！這回靠你了！」家揚的肩被 Dragon 哥拍得有點痛，看來他是百分百認真的。

家揚回到家，把玩著手上的木雕娃娃，再三思量。他仍對 Dragon 哥的計劃有所擔心。「雖然這是個天真的計劃，但畢竟我與他是十多年的兄弟，亦欠他一個人情，當作還給他吧！明天就聽天由命。」

沒錯，「聽天由命」是家揚的座右銘，他認為自己一向不擅長動腦筋，做個聽命於人的執行者反而樂得輕鬆。不過要瞞過反對自己與 Dragon 哥來往的嫻師奶，反而比較傷腦筋。

到了翌日黃昏，家揚來到日之亭九洲拉麵店門外，推開木門入內，以雙眼掃視著內裡的環境。乍看來拉麵店仍保留著一般燒臘飯店的格局，裝潢都顯得有點殘舊並與時代脫節的感覺。不過神奇地，可容納二、三十名食客的座位全部都高朋滿座，走廊上仍有不少呆立在等候座位的客人，他們只是靜穆地垂下頭，盯著吃拉麵的人。

　　「咻～咻～」的吃麵聲此起彼落，在座的食客都專注於吸食盛在碗內的拉麵。他經過一張桌子時，看到身旁一名為拿筷子而不小心將湯麵打翻的小朋友。湯麵傾瀉得滿桌皆是，但他竟然俯身趴在桌上吃麵，更誇張地伸出幼長的舌頭去舔桌上的湯……與他並排在一起吃麵的父母竟然沒有加以理會，仍然照舊俯首吸吮拉麵。「有怎樣的父母，就有怎樣的孩兒。」恰好可以形容他們。

　　「這裡的拉麵果真如斯美味？」家揚嘖嘖稱奇，至少店內總有股奇怪的霉味，教他沒甚麼胃口。他看到收銀機旁站著一名咧嘴微笑的中年婦人，她似乎就是店內的負責人。

　　「砰！！」突然間，有一班惡煞粗暴地奪門而入：「喂大姐，這條窮巷六點過後歸我管的！想平平安安、安安樂樂地做生意的話最好識相點……」家揚認得帶頭者是Dragon哥的舊部屬兼好兄弟阿樂，這代表所有「演員」都已就位。

　　「喂！不准你們在這裡生事！要收『保護費』的話先來過我歐家揚這關！！」家揚捲起衣袖高聲呼喊，欲上前與惡煞對峙時，就被店內的食客擋住。這時不論男女老幼都站起身，死瞪著站在門口的數名不速之客，同時向他們逐步進逼。

「哼……好，看在剛才那個見義勇為的小哥份上，我就姑且放過這家破店一馬！我們走！」而後那群飾演勒索保護費的惡煞就按照劇本，被家揚趕走。眾食客又回復平靜，回到位子上吃麵。

家揚有點擔心這種老套的演出會被人識破，仍硬著頭皮走過去中年婦人處問：「我看到你們店外的招聘學徒告示……我是想來當拉麵學徒的！」

「嗯……剛才謝謝你……嘻嘻，說起來小哥你真的很帥，你令老娘我想起劉德華於《烈火戰車》的造型！你等等我……」中年婦人瞇起眼打量了家揚全身，就露出滿意的悅色，走進廚房，不久後就拉著一名看似虛弱瘦削的老頭子出來。話雖如此，老頭子的身手卻矯健得捧著數碗拉麵，仍一副穩如泰山的樣子。

「阿泰你看，就是他，我很是喜歡這個小伙子！」

「哦……你就是來應徵學徒的年青人，很好。但先旨聲明我們這裡工作很辛苦的，你有沒有這個覺悟？」

「當然有，我很能吃苦的！」

「好吧，給你三個月試用期，如果你能熬過就收你為徒！」

「我會努力……」

　　家揚回家後躺在床上，凝視著天花板，在心中回顧著今天所發生的事。想不到事情真的如 Dragon 哥所料般順利。而且母親嫻師奶知道他願意腳踏實地去拉麵店工作而感到安慰，只是在抱怨他今天換下來的衣服的油漬怎樣也洗不掉。

---

　　時日太快，轉眼間家揚已在日之亭拉麵店工作兩個多月，但仍未成功盜取其拉麵秘方。因為老闆夫婦似乎想保密，並沒有給予家揚接觸豬骨湯製作過程的機會。他們只是每天開店前，駕駛小型貨車運送已煮好的豬骨湯湯底到拉麵店。家揚有次已很接近真相了，他偷聽到老闆泰叔與妻子珠姐的閒聊，說他們拉麵豬骨湯的靈魂在於其用料，再以獨門手法處理方能熬出上乘的好湯，所以方能留住客人的心，使他們每天都回來光顧。

　　家揚知道時間已不多，要速戰速決，可是卻有點於心不忍。因為老闆夫婦都是慈祥的好人，時常派發食物給附近的露宿者，說幫助有需要的人可積陰德。更令家揚感動的是，他們不單沒有歧視有案底的自己，反而對自己有如親兒子般看待。家揚每次看到他們的笑臉時，都會有股難以言喻的內疚感。

　　然而，Dragon 哥也漸漸失去耐性，以半恐嚇的語氣於電話內訓斥了家揚一頓，更揚言如果一星期內仍取不到秘方的話就後果自負，不要怪他不念兄弟情。

　　「這回真的可能連累到身邊人了⋯⋯這豈不是如『風水昆』所預言的一樣？」家揚知道現在已事態告急，就決定使出最後手段，跟蹤老闆夫婦以偷取豬骨湯湯底的秘方。

　　某個休班日的晚上，家揚坐在前幫會手足阿樂的「掃把佬」跑車上，靜待時機到午夜十二時半。

　　「喂，家揚，都已等了半個小時，他們為甚麼還沒有打烊離開的呢？」

　　「再等多會吧，你看，客人都在離開拉麵店。」

　　「你不覺得很古怪嗎？那麼夜還有這麼多人來這裡吃拉麵，這裡的拉麵一定很美味！」

　　「他們大多是這裡的常客，至於味道呢⋯⋯我試食過，覺得一般。雖然麵條很清爽而有口感，可惜拉麵的豬骨湯底鹹味過重，總是覺得鹹味在掩蓋著另一種不明的味道。雖則味道不佳，但當你習慣了它的味道後，你就會有種想繼續吃下去的衝動，是種難以言喻的滋味。」

「在赤柱待過兩年令你成為了食評家嗎?說不定老闆他們加了海洛英在湯底中,才能使人上癮喔,難怪客人都被他們搶光呢。」

「如果添加海洛英在湯底能改善生意的話,以 Dragon 哥不擇手段的性格,一早已經做了!」

「哈!不能同意更多!對了,你又有沒有帶嫻師奶及婷婷去品嘗品嘗啊?」

「有是有,不過她們說很難食……又說店內的氣味很難聞,我下班回家時身上的衣服總有股令人難以忍受的油煙臭味。不過我又不太覺得難聞,在廚房工作的人身上或多或少會沾上食物的油味。」

「嗯,我嗅嗅……哈!這是最後一次見『死魚強』時嗅到的氣味,哈哈!」

「『死魚強』?很久沒有見他露面……那是甚麼氣味?」

「是半年前他欠下巨額賭債跳樓後,我們去瞻仰他遺容時聞到的氣味,嘻嘻!」

「渾小子,說我身上有死人氣味?打死你、打死

你！！」

「喂喂！快看，老闆夫婦剛剛出來打烊啦！」這時家揚轉頭一看，果然看到老闆夫婦在登上停泊在遠處的黑色客貨車。

「好，阿樂跟上去吧⋯⋯還有，你愛車的引擎聲太過吵耳。」

而後，「掃把佬」跑車一直跟蹤客貨車至流浮山附近的村屋群旁，就看到老闆夫婦下車並走進一間二層高的村屋。數分鐘後，二樓的燈光經已亮起，而村屋頂部的煙囪似乎在冒煙。

「現在我會潛入他們的家中視察。阿樂你可以先行回去，成事後我就會打電話來叫你接我。」

「有我這個『沙咀道拓海』作你的司機，是你三輩子修來的福！」

之後家揚就重操故業，化身成一個樑上君子。開啓那些隨處可見的老舊門鎖並難不倒這名前專業人士，他順利地潛入了村屋的後園。他雖然對開鎖十分在行，身手卻欠奉，不小心絆倒了一面擱在後園被燻黑的士多招牌。他再打醒十二分精神由後門潛入屋內。人聲都是由二樓傳來，

似乎老闆夫婦都住在二樓。

　　家揚打開手電筒於幽暗的一樓展開探索，發現整個一樓都被改建成一個大廚房，不少食材雜亂地堆放在地上。燈光打在似乎被油煙燻黑的牆上時，可看到有蟑螂等小昆蟲在爬行，蒼蠅更是在無時無刻地在耳邊嗡嗡耳語。不過他認為這是尋常的，這至少比以前他待過的「抵富快餐店」的廚房還算得上衛生。

　　搜索過一遍一樓，家揚開始焦急起來，因為他仍找不到用來熬湯的器具及材料。

　　「器具及材料一定藏在某個地方……我記得之前有聽到泰叔說要好好保養地下室的煮食器材……等等……地下室？」家揚再仔細以燈光照探地板……果然，他發現冰箱旁的地板被揭開，有通往地下室的樓梯，同時他嗅到拉麵店內豬骨湯的味道，微弱的火光亦隱隱透出。

　　「謝天謝地！看來豬骨湯的秘方已近在眼前……」家揚小心翼翼地往下走，看到地下室中央有一個火爐，火爐內的柴枝碎木正燒得旺盛，熊熊的火光照亮了四周。火爐上盛著一個大得誇張的湯鍋，它有如一個浴缸般大小，鍋內亦不時傳出一些熱水沸騰所發出的咕嚕咕嚕聲。

　　「終於被我找到了！到底是用上甚麼秘方呢？」他走

至鍋爐前試圖掀開以石屎鑄成的鍋蓋，它既厚重且滾燙，赤手空拳的他無論如何也打不開。

「得要找一些工具⋯⋯」他回首細看有沒有東西可以助他打開鍋蓋，登時嚇了一跳！他發現偌大的地下室一隅有數副被拆成木塊的棺材！另外更有一副完好的殘舊棺木！

「為甚麼這裡會有棺材的？」好奇心驅使他拉開棺材蓋⋯⋯

幸好，內裡只有一些柴枝。看來棺木都是用來生火的木材。家揚認為現在不是滿足好奇心的時候，正事要緊。這時，竟聽到漸近的腳步聲！

他現在如被困在死胡同中，情急之下，唯有先躲進空棺內。

「對啊，全靠它，我們的店才起死回生。」

「真的多謝棋友黃老先生，留下了這麼好的東西給我⋯⋯對啦，阿珠，最近客人投訴湯底不太夠濃味，我想又是時候要補添湯料啦。」

「畢竟最近『松露』的供應比較緊張嘛，已有一段時

間沒有添加新的進去鍋中⋯⋯豬骨配上松露方可煮出此等好湯。」

「妳放心，去山腰那裡找找吧。到明日，在董太那裡的松露剛好足七日，是收成的大好時機。」

「實在太好了！好，我明晚打烊後就去⋯⋯啊，我會順道取些豬骨回來，反正她丈夫也那裡。」

「要當心，最近村子裡的人都提高警覺，加上今天又下過大雨，山路很滑⋯⋯」

「你放心，包在我身上⋯⋯嘰⋯⋯」

家揚聽到一陣柴枝移動的聲及漸遠的腳步聲後，現場就只剩下熱水沸騰的聲音。他緩緩地推開棺材蓋，那股在拉麵店時常聞到的油臭及霉味愈加濃烈，此時地下室已沒有人蹤。

「聽不懂他們在說甚麼⋯⋯但他們有提及到山腰有松露及豬骨，那一定就是這鍋湯的奧妙所在。既然已來到這個地步，乾脆跟蹤老闆娘上山吧！說不定山腰上有對姓董的夫婦經營食材店⋯⋯」

翌日早上，家揚懷著惡劣的心情上班，皆因他一大清早就被嫻師奶弄醒。

「昨晚為甚麼又那麼夜回家？是否又去找那個『啫根哥』？」

「沒有啦，我已和 Dragon 哥劃清界線啦，而且他也改邪歸正了。昨晚只是有朋友載我去流浮山吃海鮮而已。」

「你最近都怪裡怪氣的！知子莫若母，你這不肖子肯定有東西隱瞞著我！阿婷更向我埋怨你經常不去陪人家啊！枉她送了條這麼好看的牛仔褲給你！你快點娶人家啦，不要再讓她乾等！」

「真的沒有啦！我已改過自新！我這麼努力去工作，不就是為了儲錢去娶她嗎！？」

「如果給我發現你又故態復萌，一定不認你做兒子。還有，你的衣服臭得很，現在弄得我整個洗衣機內都有股難聞的怪味啦！！」

「我的衣服難聞？讓我聞一聞……嗯，沒有甚麼怪味啊，那只是拉麵內的湯味，據說這是松露的味道哦！妳真是井底之蛙！」

「哼！誰稀罕吃這種充滿臘肉油臭味的甚麼松露！送給我也不要啊！你待會就穿阿婷送給你的新褲上班吧，總好過穿著發出惡臭味的褲子……」

家揚這時充分體驗到做無間道那種裡外不是人的苦況。他抵達拉麵店的時候，雖然仍未到開店時間，但食客已如往常一樣排出一條人龍，龍尾更伸延至 Dragon 哥的店外。站在店外徒勞地招徠客人的 Dragon 哥氣得七竅生煙，怒視家揚一眼後，轟一聲關上店門回到店內。家揚無奈地嘆了口氣，正要穿過人群進入拉麵店時就被三個食客給攔住。

「喂，我認得你是店內的侍應！快說，為甚麼最近你們的拉麵味道淡了那麼多！？是否偷工減料？」一名瘦骨嶙峋的中年男食客向家揚怒斥。

「那個我不清楚……麵不是我煮的，你要問就問老闆吧……」

「你身上有很濃的拉麵氣味……哦！我明白了！一定是你偷吃材料才令到拉麵沒有足夠的味道！！」中年男食客一邊捲起那不合身的夏威夷恤衫袖口，一邊逼近家揚，似乎是要將對食物不滿的情緒統統發泄在他身上。而家揚

亦不甘示弱，已在摩拳擦掌，他對自己那飽經歷練的街頭格鬥技充滿信心。鎧袖一觸，拳來腳往，勝負在短短數秒內已分。

K.O.──結果出乎意料，家揚竟被區區一拳一腳就打垮於地上。

「為何他那麼瘦弱……力氣卻大得如此可怕？」

中年食客使出連續技，騎在家揚身上，竟然張大口，作勢咬向他的頸……不知是否被打得頭暈目眩，他看到中年食客的眼珠變得通紅並在高速地轉動著，繼而伸出既長且紅的舌頭……

「救、救我……喂，你們救我！殺人啊！」惶恐間家揚大呼救命，可是食客們都無動於衷，只是默然地包圍著他。他們都是彎下腰睜大眼，面無表情瞪著快要被人咬破脖子的自己。比起施救，他們反而比較期待著下一剎的血腥場面。

「喂，夠啦夠啦，排好隊，現在開店！」老闆拉開店門，滿臉笑容地拍下中年食客的肩膀。

中年食客就停住了動作，並回頭問：「近來你們的拉麵味道太過淡啦，是否老闆你在偷工減料？」

「不瞞你説最近特製的湯料短缺，不過這位朋友你大可安心，明天新的食材今晚就會運抵！為表歉意今天所有拉麵菜色一律半價！」

「也好，有總比沒的好……」

接著，已沒有人理會家揚，客人魚貫地步入拉麵店內。老闆臉露親切笑臉，安慰受驚的他：「現在沒事了，現在沒事了。他們只是太過想吃我們的秘製豬骨湯拉麵而已！」

家揚回憶起已身故的爸爸。慈祥的爸爸總是以這種溫暖的笑容與語氣去安慰被同學欺負然後哭著跑回家的自己。家揚就站起身，跟隨老闆進入拉麵店。他的心仍然憤憤不平，以往在黑道中混日子的時候，也未遇上過這種差點被人打死的經歷。剛才的場面與他小時候被同學欺凌的畫面重疊起來，頭腦即被怒火衝昏，此仇不報非好漢。家揚偷偷地在廚房拆出數根生鏽的釘子，再加到那中年食客的拉麵中。拉麵奉上，中年食客隨即狼吞虎嚥地吞食拉麵。

「咳、咳咳咳咳咳、嗚咳。」中年食客途中竟瘋狂地咳嗽起來，吐出鮮血於桌子上，但他沒有停止進食，仍勉強地吸吮拉麵，他的咳嗽愈發強烈。

　　老闆娘見狀，揚起嘴角微笑走至他跟前問候道：「這位客人沒有事吧？」

　　「咳咳嗚咳咳。」中年食客愈咳愈嚴重，想必是噎到了釘子。但是他卻沒有理會她，仍然不惜一切，只顧吞食眼前的美食。

　　「老闆娘，沒事的！他就是個這樣的人。反正我待會去為的士添油，順道載他去醫院吧。」中年食客身旁的一名胖漢笑道。及後，目送著中年食客狼狽地離開的場面，家揚心中暢快得不得了。

　　「欺負我的人都只有這種下場！我發誓過沒有人可以欺負我！！」

　　晚上，下班後，家揚並沒有即時回家，而是按照約定登上阿樂那充滿濃郁花香的跑車，前往拉麵店老闆流浮山的村屋附近，靜待珠姐打烊回來。

　　「那種荒山野嶺會有賣松露的店舖？你當我是個小朋友嗎？阿揚！」

　　「待會上山就會知道囉，不然你也跟我去看個明白。」

「不了，我最怕行山，尤其在半夜……你知道嗎？如果不幸走進山林結界的話，很可能被積屍氣所困，永遠也逃不出來呢……」

「渾小子又想嚇唬我？老子行走江湖十餘年，天不怕地不怕……」

「喂，是昨晚那台客貨車！」阿樂指向遠處停泊於村屋外的一台黑色客貨車，這時泰叔夥同珠姐下車，走進屋內。不久後只有珠姐獨自走出來，她的背上多了一個巨大的木桶，家揚知道她現在是去添購食材。

「阿樂你就在這裡等我回來吧。」

「你調查還調查，不要弄得如昨晚般渾身臭味啊，害我花上一整支空氣清新劑！現在臭味仍驅散不去，害酒吧的女孩都嫌我的愛車有股臭味！」

「懂啦懂啦，兄弟一場不要計較那麼多吧。」

「不管你了，現在我很眍啦，睡一覺再算……」

然後家揚就急步跟上遠方珠姐的步伐，期間他差點被一輛路經的的士撞倒。

「妖你老母！」咒罵完這句四字真言後他繼續行動。

走上近半個小時，家揚身在午夜無人的荒山野嶺，好不容易方跟上老闆娘的蹤跡。濕滑幽深的山路比他想像中要難行得多。不明的怪叫聲此起彼落地從黑暗得如無底淵藪的林中傳出，彷彿有鬼魅在密謀著甚麼害人之計。草木更時而在清涼的夜風中擺動，如乍現出一頭又一頭的幽靈，老榕樹垂下來的氣根又如一雙雙怪異的手臂，似乎在找一個時機去從後絞殺路過之人……

這一切一切都給予人一種錯覺，令人以為林中的陰暗處有不祥之物在活動著，對路過之人虎視眈眈……而家揚發現沿路都有不少墳頭，詭異感不禁油然而生。

「到底甚麼人會在這種地方，於三更半夜經營食材店呢？」

在家揚思疑的時候，就看到遠處的燈光停下來不再移動。他躡手躡腳地走至附近的一株大樹下，觀察珠姐的舉動……

他發現珠姐停下來的地方根本沒有甚麼食材店，而是兩座一新一舊的墳頭！她首先打開置於舊墳上的「金塔」，將那陶器內裡的骸骨都傾倒在自己帶來的巨型木桶中。然後，她放下木桶及油燈，爬到新墳的泥地之上，以

雙手瘋狂地挖掘……

　　她當時的動作迅速得可怕，有如一頭土撥鼠。泥土由她挖出的洞中噴出，不消一刻，她整個人已陷入新墳的地洞中。家揚想起在監獄內看過紀錄片，説法國農户都會飼養母豬去尋找深埋在泥土中的松露菌。母豬會嗅出松露所散發的氣味而挖掘它出來食用，而同時，松露則會利用豬隻進行繁衍。松露的孢子將附於豬隻身上來擴散至不同地方，開枝散葉去。松露與豬隻就有一種互惠互利的關係。

　　然而家揚卻從來未曾見過如此觸目驚心的採挖松露場面！眼看噴出來的泥土逐漸變少，然後一塊棺材蓋由地洞拋出來。他吞下一口口水，於好奇心驅使下逐步逐步行近地洞。

　　於是，他看到了一輩子也不會忘記的場面……

　　在幽暗而且傳出濃烈惡臭的地洞中，一具腐屍躺在沒有蓋的棺木裡。它缺少了眼皮，白濁的眼珠大剌剌地外露於昏沉的月色下。它的身上佈滿一塊塊灰白色，如拳頭般大小的塊狀物。而老闆娘珍姐……她伸出如蛇舌般的長舌頭，在屍身上游走，探索長在屍身上的塊狀物，繼而張開利齒，用牙逐塊逐塊地咬下它們……

　　「這、這……這是？」家揚實在不敢聯想這個宛如食

屍鬼般的身影就是那個平日待人親切友善的珠姐，更從沒有聽聞過松露菌是會生長在死屍的身上。他想起之前嚐過的拉麵原材料，原來全部都是來自別人的屍骨！他的胃袋即翻騰起來。這個時候⋯⋯

「記住潛龍勿用　這樣玄妙你懂不懂⋯⋯」電話鈴聲突然響起來，是謝霆鋒的名曲，家揚在慌亂間更個小心地按下接聽鍵。

「喂喂喂！阿揚！救命！有有有人想⋯⋯啊！！不、不要啊啊嘎啊啊啊啊！！」那是一道來自阿樂的來電，不過他説到一半的時候已經中斷。似乎阿樂遇上了麻煩事⋯⋯不，這時自己也泥菩薩過江⋯⋯

「阿揚？嘰⋯⋯嘰嘰⋯⋯家揚⋯⋯劉德華⋯⋯嘻嘻！」

地洞下地傳來一段低沉得分不清孰男孰女的話語，家揚第一次不想被「人」稱讚他似劉德華。與此同時，洞內已有一根沾有泥污、青灰的手伸出來，是甚麼玩意在爬出來？不言而喻。

出來行走江湖的前輩都説過要與危險的事物保持二十米距離，所以家揚已即時亡命而逃。不幸地，他不慎踩在碎石上，右腳隨即扭傷並傳來刺骨的劇痛，寸步難行。他

唯有伏在草叢內聽天由命。

「南無阿彌陀佛⋯⋯關羽聖君⋯⋯王母娘娘⋯⋯爸爸⋯⋯誰都好，快來救救我⋯⋯」家揚此時亡魂喪膽，渾身滲出冷汗。唯一可以做的事是緊握那件手工制的木雕娃娃，獄友風水昆聲稱這小傢伙是個可替他擋煞的替身娃娃。說起來他出生至今二十八載的人生中也未曾遇過這種狀況，就算被持槍的警察追捕也未曾試過這樣驚駭的感覺。

「嘰⋯⋯家揚你在甚麼地方？你在甚麼地方？」沙啞的呼喚聲愈來愈近，他逼不得已要張大眼面對現實⋯⋯一開眼，那可謂是一見發財了。在幽暗中，他看到十多米遠有一頭類人形異物在快速地爬行，它的頭顱以非人的速度在晃動，長達數尺的舌頭如一尾蛇，在地上蠕動，看似沿著氣味追跡過來。

家揚真的料想不到，本來要來跟蹤人的他倒頭來反遭那「人」跟蹤⋯⋯距離還有十五米⋯⋯十米⋯⋯七米⋯⋯已看到「珠姐」那個可嚇得人心膽俱裂的頭顱近在咫尺⋯⋯現在情勢極為危急，他想像不到被「珠姐」逮到後自己會有甚麼下場，也不敢想像。

「你身上的衣服很臭。」
「你的氣味很噁心。」

他突然想起嫻師奶及女友阿婷的抱怨。

「對，既然妳是頭警犬的話……」他即時脫下T恤上衣，套上碎石，然後使勁拋出，包含碎石的T恤如一個沙包，即時在斜路上滾動。

「嘰……很杳……很杳的豬骨湯味……嘰嘰……」而那頭詭異玩意已嗅到T恤發出的氣味，追著它快速爬行。接著，那「沙包」因慣性而滾落至山崖下，不知是幸運或不幸，跟在後方的詭異玩意在這濕滑的山路上收掣不及，亦跟著一併墜下山崖。

「嘰嘰嘰……」這慘烈的呼叫聲就是它最後的遺言，所以說「行走江湖，最少保持兩秒距離。」是至理名言……

「沒、沒事了吧？」家揚一拐一拐地走至崖邊，對著下方漆黑的虛空發問。他拾起滾落在地上的「松露」，到現在也未能接受剛才眼見的事物：「原來所謂的拉麵『秘方』，就是這種詭異的邪門東西……不知Dragon哥會否相信我呢？不過怎樣也好，打死我也不會再去『日之亭』上班！」

緊張感消退些許，他方想起阿樂剛打過一通求救電話給他。他連忙掏出手機打算回撥通話，發現手機已於剛才的一摔而壞了。

「怎麼辦！阿樂是因自己而被捲進來的，如他有任何閃失，我一定於心有愧一輩子！」縱使現在自己是個剛渡過江的泥菩薩。

家揚還是十多年以來第一次心生報警求救的念頭，不過他深知現在唯一可以靠的人，就只有自己了。費上不少勁，他終於回到阿樂停泊那台「掃把佬」跑車的露天停車場上。走近跑車一看，就知事態不妙了，他看到跑車擋風玻璃被人打碎，而車內並不見阿樂的身影，只有幾道血跡及數個血掌印……

「關帝大將軍啊……求您要保佑阿樂平安無事啊！」家揚連阿樂被何人因何事抓去也沒有半點頭緒，無力地抱頭跪在地上，束手無策。

「呔……呔……」這時，刺眼的強光向他襲來，難道是關帝大將軍顯靈？不，眼睛稍為適應光線後，那只是一輛的士。

一名有點面善的胖漢由的士走出來，問道：「朋友，你認識這台『掃把佬』的司機？」

「對對對！我認識他！你知道些甚麼？」

「嗯……剛才我看到他被人抓上一輛車，那車之後就

駛向條泥路去⋯⋯那邊好像有一個已倒閉的未完稅汽油加油站⋯⋯」

「那你有沒有報警？」

「大哥別開玩笑了！我們這些『八折的士』去報警就等於自投羅網⋯⋯不過看你似乎十分擔心你朋友的樣子，可能人命攸關。好吧，反正現在我沒有客人，可載你走一趟。」

「萬分感謝！」

於是家揚就神色凝重地登上的士後座。沿路的士顛簸不堪，他一言不發，猶有餘悸地反思：因愚昧的決定而令自己深陷於詭異事件當中，還牽連到身邊的人！他打從心底後悔沒有聽從風水昆忠告。

「明天一定要去問一問風水昆⋯⋯」

這時家揚不經意地望到倒後鏡，就和司機的眼睛對上。

「對了朋友，還沒有問你為何半夜赤著身子在這裡出現，你是新搬來的村民嗎？」

　　「不是，不過這事情説起來真的十分邪門……司機大哥你有否相信世上有邪靈存在？」

　　「信則有，不信則無。不過我感興趣哦，説來聽聽……」

　　「我也是親眼目睹才相信……」然後家揚就將剛才的異聞憶述一遍。之後司機一副恍然大悟的表情，本來緩慢的車速突然加快。

　　「嗯，原來是用人骨加上屍身上長出的不明菌類去熬湯，那可以當作為『人相食』的一種形式。朋友，你有知道生物有種機制叫『Cannibalism』麼？」

　　「『驚你補你腎』？食人可以補腎嗎？不懂呢！」

　　「那是一種動物的自然演化規律。大自然是殘酷的，在極限環境底下，生物為了物種的存亡，會將同類當作食物。所以『同類相食』在生命的進化中是極為常見的事，例如雌螳螂為吸取產卵所需的營養，會在交配途中吃掉雄螳螂。」

　　「人類又不是動物……」家揚心不在焉地將視線移向車窗外，他想起中三輟學前上的最後一堂「自然科」堂，悶得令他打瞌睡。

「不！人類雖然是大自然中的異數，可是潛意識之中都有『吃人』的本能……而且人類至今以來，『人相食』的事件更多不勝數哩。遠古時代的部落衝突中，勝利方會殺掉敗北方作為糧食而享用。而人類有了文化後，『吃人』的習俗也沒有消減。古代的中國，蒙古軍遠征時，會把俘虜當作家畜般食用。封建社會更鼓吹種種吃人的風俗，例如用人肉來煎藥，蘸人血米冶癆病……有沒有看過魯迅的著作？他痛批過我們中國傳統社會建基於著一種『吃人的禮教』之上。再近代一點，上世紀的『三年自然災』及文化大……」

「夠了，我明白你想説甚麼！」

家揚已忍受不住的士司機如老師般的演講，打斷了他。而同一時間，他亦發現的士已停於一塊置有兩、三個廢棄貨櫃的空地上。

「所以……人吃人並不是甚麼稀奇的事喲……嘰……」的士司機將頭撐向後方如是説。他呈青銅色的面變得極為猙獰，紅濁的眼球在眼眶內失控地打轉，細長而血紅的舌頭已於同時間伸向家揚，並緊緊於他的頸上纏上兩圈……

可憐的家揚現在方認出這位曾經有點面善的肥胖的士司機，就是今天早在拉麵店出現過的食客！可惜一切已成定局，他的腦開始缺氧，在失去意識前的一刻，他感受到

胯下傳來一股溫熱濕濡的觸感，這和當年小息時，他的朋輩故意攔住他，不讓他上廁所後所發生的事有相同的觸感。

---

「剛升上中學時，大蚊及豬仔他們常欺負你，令你不敢上學……」

「對，當時你有過尋死的念頭，但你沒有勇氣……」

「記得嗎？有晚在公園足球場，他們帶同幾個同班同學將你綁在龍門柱，然後輪流用足球來抽射你……」

「當然記得，他們一邊嘲笑你是成績差的弱智兒、膽小鬼、小便失禁的怪人等等，你當時很後悔出生在這個世界上。」

「剛巧，Dragon 哥及阿樂他們路過，又剛巧足球誤中 Dragon 哥的臉頰……」

「哈哈！之後他們被他們痛打了一身！你還記嗎？大蚊被打得跪在地上，將自己的內褲套在自己頭頂求饒！」

「而豬仔則被打爆了兩顆門牙，阿樂逼他吞回自己的

門牙。你看得哭了起來，流的是歡欣的眼淚。」

「你欠他們的恩一定要還。」

「對，你一定要報那時的恩！」

———————————

「嘩啦……」家揚從夢中驚醒，似乎正身處一個改裝的貨櫃內，現場血跡斑斑，恰如一個屠場。眼前一名胖漢正以水喉噴洗自己的身體，而自己雙手被反扣於身後的柱子上。

「啊，朋友你醒了。抱歉剛才一時失態嚇到你啦。不過說起來你不要那麼容易就失禁好嗎？害我要花功夫為你清洗……」

「你……你這頭怪物！想做甚麼？」

「你太失禮了！我和你一樣都是人。而正如我所說，帶你來找你的朋友……」家揚聞到汽油燃燒的氣味及烹煮內臟時所發出的濃烈臭味，同時望見胖漢身後方有數個發出白煙的大型湯鍋。旁邊的地上有一堆衣物，其中有夏威夷恤衫及阿樂身穿的 Levis 黑色 T 恤。

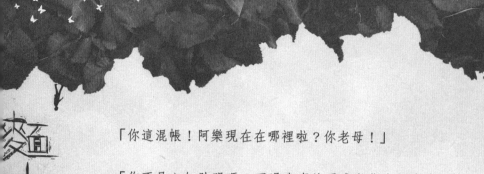

「你這混帳！阿樂現在在哪裡啦？你老母！」

「你不是心知肚明嗎？不過我真的要感激你告訴我有關『拉麵』的秘方！難怪我無論如何嘗試，也煮不出如『日之亭』般美味的拉麵。多得了你，使我得到『松露』，相信以後也不必再去那家破店吃甚麼拉麵……」胖漢關掉水喉，繼而拾起地上沾滿血跡的牛肉刀。

「等等！你放過我！老闆他們煮豬骨湯的秘方並不只這麼簡單！我可以為你偷取秘方！」

「不必不必……我比較喜歡有自己的風格。」胖漢邊說邊將松露切片然後投入各湯鍋中。「嘰！真是美妙絕倫的香味！」然後漸漸步近家揚。

「不……不要過來……不要！」

胖漢撲向被鎖在鐵柱上的家揚。

「！？」

可是，他卻撲了個空！原來擅於解鎖的家揚在最後關頭成功脫身！他即時四處逃竄，不過腳傷令他的動作有所遲緩。

「你逃不了的⋯⋯」胖漢意圖攔阻他。

「阿樂，對不起！你的恩，來生再報⋯⋯不過你的仇，現在就為你報！」

家揚拾起地上的 Levis 黑色 T 恤，躲在其中一個湯鍋後方，然後待胖漢迫趕過來的時候猛然一推，將整個湯鍋推倒。鍋內滾燙的熱湯即時淋灑至胖漢身上！

「嘰嘰嘰！很燙！！但⋯⋯很美味！咕嚕咕嚕⋯⋯」胖漢失去平衡，跌在地上痛苦地翻滾。同時，他竟在吞食那堆翻倒在地上的肉渣及碎骨。家揚當然沒有浪費這個機會，一腳踢翻用來煮湯的自製煮食爐。汽油由爐中湧出，然後火勢就一發不可收拾地蔓延開來。胖漢並沒有畏懼灼熱的火焰，仍繼續趴在地上吞食他的美食⋯⋯

「你這怪物⋯⋯沒救了⋯⋯」家揚就穿著阿樂的 T 恤，逃出這個鬼地方⋯⋯

「昨天的事情就是這樣，沒有騙你！」

「嗯⋯⋯一早提醒過你要小心啦！明知山有虎，奈何你偏向虎山行！他們用人骨來熬湯，那肯定是某種邪法。至

於那長在屍身上的所謂『松露』，極可能是死者生前被人施行邪法，死去後邪法令屍體生前吸收的邪氣浮現出來……」

「昆哥，我不想知道那是甚麼邪法不邪法，現在只想你替我指點迷津！我覺得這件事仍未完的……」

「唉，總算一場患難之交，你等等……」而後家揚看到風水昆隔著玻璃窗凝視自己數秒就放下聽筒於桌上，右手在屈指心算，口中唸唸有詞。

「叱！」一聲後突然撐大雙眼，又再拿起聽筒，道：「情況有點微妙……」

「那代表甚麼？」

「我不妨實話實說罷，你將會有一個危及性命的大劫！」

「噢！慘了！我才剛出獄，這麼年輕……我還不想死啊！！」

「不過塞翁失馬，焉知非福。我算到大劫過後你就會結婚，而且生活愉快……」

「即是大難不死必有後福嗎？」

「那個我也不太清楚，可能我道行未夠⋯⋯」

「喂，已經十五分鐘！」獄卒向他們呼喝。

「總之我給你的那件木雕娃娃一定要無時無刻放在身邊，可代你⋯⋯」

風水昆未及説罷已被獄卒無情地關上電話⋯⋯

───────────────

接下來的兩個星期，家揚都躲在阿婷家中，沒有去找Dragon哥，更沒有回去日之亭拉麵店。不過匪夷所思地，Dragon哥及拉麵店老闆亦沒有來找自己。而報紙新聞均沒有提及到有人失足墜山，有廢棄貨櫃失火，有人失蹤之類的報道。十多天前的怪事似是自己幻想出來的一樣，如根本沒有存在過般。另一方面嫻師奶及阿婷開始叨嘮，叫他不要再在家中游手好閒。

「都已經半個月了，甚麼怪事也沒有發生，看來已經事過境遷啦！大難不死必有後福！」這天下午家揚懷著這個樂觀的想法，輕鬆地去電話維修中心取回他的手提電話。他登上小巴後即打開電話，看這段期間有甚麼訊息。當中有數段來自拉麵店老闆及Dragon哥的留言。

七月十八日，10:36A.M.，Dragon 哥：

「一星期後就是最後限期……你不要以為不聽電話就找不到你！提醒你一定要找到拉麵秘方！不然休怪我對兄弟無情！」

七月二十日，11:05A.M.，泰叔：

「家揚你是否發生甚麼意外啦？已經三天沒有上班，打電話給你也打不通……而且阿珠也沒有回來……」

七月二十一日，10:12P.M.，泰叔：

「唉，我可憐的阿珠為了上山採掘松露而摔下山崖死掉了！我真的很擔心你會像阿珠一樣遇上意外啊！」

七月二十二日，01:02P.M.，泰叔：

「其實我在猜你是巷尾那家拉麵店派來偷我們的拉麵秘方的臥底……因為留意到『龍心拉麵』的那個老闆老是在注視你。不過我不是在怪責你，好的東西當然會引來旁人的垂涎。而且在與你相處的日子中覺得你的本性並不壞，你應該只是受他的唆使而已。好吧，為了不令你為難，那麼我就成全他……」

七月二十三日，06:11A.M.，泰叔：

「咕嚕……咕嚕……啊，好燙啊……家揚，我現在熬出來的這桶湯就是那秘方……是…咕嚕…用上我畢生心血所製作的最後的傑作……咕嚕……」

七月二十四日，01:55A.M.，Dragon 哥：

「好兄弟你果然沒有令我失望！那桶放在拉麵店後門的湯頭是你找回來的對吧！？我第一時間從湯鍋的出湯口倒了些湯出來試喝。第一口喝下去時覺得又鹹又有股霉味……不過喝多幾口竟覺得愈來愈好喝，想打開湯蓋看看桶內有甚麼材料，可是湯蓋被封死，打不開。不過也罷，慢慢研究……」

八月一日，06:50P.M.，Dragon 哥：

「家揚你為甚麼仍沒有回答我的來電？幸虧得到了你的幫忙，拉麵店的生意已起死回生！真的不知該如何答謝你好！對了！一於為你準備特製的豬骨湯拉麵吧！好的東西當然要給好兄弟嘗嘗。找不到你，那麼先給你女朋友嘗一嘗吧……」

這則留言是半小時前收到的，即是說 Dragon 哥現在已有所異動！家揚的心泛起了極度不安的詭異感。十萬火急，他即時打電話給阿婷。

「喂，阿婷你現在人在甚麼地方？」

「剛才 Dragon 哥打電話來邀請我們去拉麵店吃飯，說是設宴來報答你！」

「這個我知道，我是問妳現在人在哪裡啊！」

「這個嗎……人家現在已經在 Dragon 哥的拉麵門外
啦……」

「給我聽好，妳現在立即離開那裡！」

「………」

「喂？喂喂！？妖！！」

然後對話就這樣完結了。

家揚知道大事不妙，急得有如熱鍋上的螞蟻，便即時
強行下車，轉乘的士前往 Dragon 哥的拉麵店。當然登上
的士時他有注意了一下的士司機是否又是那間「日之亭」
拉麵店的食客……

家揚來到「龍心拉麵店」的門外，那裡散發著一種熟
悉的味道。他吞嚥口水，作好心理準備，緊握著手上可保
他平安的木雕娃娃，推開店門，竟發現店舖內的景象既陌
生又熟悉。本來門可羅雀的拉麵店內現在竟然賓客盈門，
仍有不少等候座位的客人站在一旁外站立著，他們如一個
個人偶，都垂下頭死死地盯著吃拉麵的人。「咻～咻～」
的吃麵聲此起彼落。

「我……我沒有來錯地方吧？不，我已知道有甚麼事

情發生……」

　　這個時候，Dragon 哥又從一個廂房來走出來，笑面迎人地道：「家揚，我和阿婷都已等你很久了，快點進來吧，我們可以開始……」

　　Dragon 哥露出了詭異的笑容，與他相識十多年來，從來沒有看過他露出過這樣的笑容……更重要的，是他的話語中竟然沒有半個粗言，這不是他認識的 Dragon 哥……

　　家揚深知大禍臨頭，但同時知道這次不能回頭！因為之前已經害死了好兄弟阿樂，現在無論如何也不能撇下女友不顧！如果為了活命而逃走的話他寧可成為怨靈的晚餐！他勇敢地拉開廂房的木門，發現阿婷在裡面大快朵頤地吃著拉麵，並沒有察覺他的到來。細心一看，她的面色變得如青銅一般，眼珠在靈活地逆時針轉動著，她的肚子亦已鼓脹起來。家揚霎時推掉桌上的食物，整碗拉麵即時被打翻。然而，她竟然蹲下身子來繼續吃被潑灑至地上的殘羹……

　　「Dragon 哥……你真的用了那個秘方去做拉麵嗎？那可是用人骨及由腐屍上長出來的怪東西而煮出來的『豬骨湯』拉麵啊！」

　　「不管是用甚麼材料煮出來，只要是美味就足夠！你

115

瞧她不是吃得津津有味麼？」

「你老母！如果你要害人的話，只要害我一個就夠，不要將其他人扯下水！」

家揚已忍不住抑壓在心中的怒火，隨手抽起身旁的椅子往 Dragon 哥飛擲過去。意料之外 Dragon 哥並沒有作出任何回避或抵擋的動作，他的頭便被椅子擊中，當場血流如注。然而他的臉色並沒有改變，依舊是一副笑臉，笑得令人心寒。他就這樣慢慢地步向家揚……如果是往常的 Dragon 哥，早已露出如夜叉般的面容，拔出牛肉刀去追斬家揚了！

「你……你不是 Dragon 哥……你到底是甚麼人！」

「呵呵……我看你不是早已心知肚明嗎？」

「難、難道你是老闆……你是泰叔？不！不可能的！」

「嘰嘰……」Dragon 哥並沒有回應之，只是向著他亦步亦趨。

家揚見狀，即時強行扶起在蹲地上的女友並拉開木門，可是當木門一開，他驚駭得退避三舍，因為發現在外頭的食客們都已經湧至門前，伸出血紅的長舌，死死地盯

著他並擋著他的去路，似乎在期待著甚麼……

「嗚啊！鬼啊！！！」前無去路後有追兵，Dragon 哥已近在咫尺了。家揚只可以牽著阿婷逃跑至廂房的角落。坐以待斃也不是辦法，他唯有背水一戰，鬆開女友的手，拿取桌上的石頭湯鍋，打算趁 Dragon 哥到來之時重重地往他的頭蓋轟下去

真的是意料之外，家揚的手竟被阿婷緊緊抓住……然後手上的石頭湯鍋被她奪去，繼而他的頭蓋被石頭湯鍋狠狠地轟中。

「阿婷……為……甚麼？」這是他失去意識前的最後一個問題。

---

「我發誓出獄之後我就會改過自新，不再令妳為我而擔心！」

「真的嗎？先信你三成吧！」

「我已下定決心，不會讓妳白等的！我要照顧妳一生一世！」

「那算是求婚嗎？」

⋯⋯

「探訪時間已夠！」

家揚終於恢復意識，頭顱上赤痛感仍然未曾減退。他透過模糊的視線發現自己正處身於一個似曾相識的地方，那是一個沒有窗户且潮濕的房間，內裡堆放著很多柴枝及有一些破碎了的棺材板，房間中央有一個大得誇張的火爐及湯鍋⋯⋯

「這裡是泰叔的地下室！」他試圖掙扎，卻發現自己的四肢被綁在一張椅子上。除了凝視著那個燒得正旺盛的火爐，他根本沒有甚麼事情可以做。過了不知多久，終於傳來漸近的腳步聲，抬頭一看他發現來者正是阿婷，正在拾步而下到地下室⋯⋯

「嘰⋯⋯阿揚你終於醒過來了嗎？」

「妳不是阿婷！她在甚麼地方！？」

「我就是她，她就是我！」阿婷以溫柔的微笑來凝視

著家揚，繼而以雙手溫柔地撫摸他的臉頰。

「不對妳不是她！她不會對我……」家揚拼命地掙扎，可惜都是徒勞無功。

「阿珠……所有材料也準備就緒啦！」這時候一把聲音從樓梯上傳來，然後笑得瞇起眼的 Dragon 哥就從梯階走下來。

「阿珠？妳是老闆娘！」

（「用人骨來熬湯，那肯定是某種邪法……」）

這時家揚終於猜想到風水昆所説的是甚麼邪法了！

「對，我是阿珠也是阿婷。」她奸笑道。

「當你女朋友吃下那碗由阿珠屍體熬出來的豬骨湯拉麵時，阿珠的魂魄就轉移至她的身體內了……實在遺憾，現在她已不是你的女朋友阿婷，而是我的妻子阿珠。」Dragon 哥揚起嘴角，一臉歡愉地解釋，他的笑臉讓人感到不快。

「千錯萬錯都是我的錯，是我為了偷取秘方而潛入拉麵店，是我害你的妻子墮崖！一人做事一人當……你用我

來熬湯也沒有關係！但求你一定放過阿婷！！」家揚聲淚俱下地求饒道。

「嘰嘰嘰……其實我一早已經識破你了！我知那個叫『Dragon哥』的人指使你來偷取秘方。於是乎我就將計就計，運用我朋友留給我的移魂大法，將整個人泡在湯鍋中，以自己的身體來泡豬骨湯……

所以說年輕人就要唸多點書，說點常識給你聽吧……

當豬隻挖開泥土吃下松露菌的一刻開始，松露菌就會附在牠的身上，以牠為載體散擴開來，所以喝下這碗湯的人就會被我的魂魄附上。這個原理與被『喪屍真菌』附身而被控制的螞蟻一樣。所以，那個叫『Dragon哥』的惡棍現在已不存在於世上了……」

「你騙我！那是假的！人又不是螞蟻！嗚嗚……將阿婷她還給我啊，你老母！！」

「我真的沒有騙你的啊……真的十分諷刺，企圖偷去我秘方的人現在竟然被我偷去了身體，嘰嘰嘰……不過無論如何，我已當你是兒子般看待，現在給你兩條路選擇：一是喝下這碗湯，以後永遠為我的拉麵店賣命；二是成為松露的養料，去滿足拉麵店客人的口腹之慾。」

「我甚麼也不要！我只要阿婷……嗚啊！！」

「唉，真是可惜呢……」Dragon哥掛著令人心寒的微笑，拿起一把剁肉刀，慢慢地走向家揚。

家揚似乎已經接受命運的安排，垂下頭放棄抵抗。他心想反正自己已經害死了無辜的阿婷，現在正好可以以自己的性命去贖罪，只是唯一放心不下的就是一直和自己相依為命的母親。

「真的是愧對她老人家……枉她還盼望見證我成家立室的那一天……」他俯首喃喃自語，流出悔恨的淚水。

「嗚嘰……阿珠……為……甚麼？」這個時候，Dragon哥一聲慘叫後就倒下至地上，血流如注，一命嗚呼。一個身影在他的背後靜靜地站立著。家揚翹首而望，發現那身影竟是阿婷，她手持著沾滿鮮血的生果刀……

「妳、妳是阿婷？太好了！妳終於回復過來啦！！」家揚喜極而泣。阿婷並沒有回答他，只是報以一個微笑，然後拖拉著Dragon哥的屍體，緩緩地步向地下室中央那個大得可裝下一個成年人的湯鍋，嘴邊輕哼著劉德華的名曲：

「面對當年情　真心説句……」

噢，是《烈火戰車》的主題曲⋯⋯

半年後。

「喂！師兄！你終於放監了嗎？」

「明知故問！你以為我會逃獄嗎！？」

「其實我一早知道你是故意去坐監的，我猜你是算到自己命中將有一個大劫，所以故意去獄中暫避，因為那裡的煞氣強勁，可與衝你而來的煞氣對沖，對不？」

「師弟你只是猜對一半，我想順道找一個時運低的倒霉鬼來轉移我的厄運。」

「看來你現在已經如願以償。」

「沒錯，你看我手上的這個替身娃娃，它以兩隻為一對。我將其中一隻贈予那名倒霉鬼。當他懷著娃娃於身上的時候，就會自動成為我的替身，來為我擋煞。」

「娃娃的頸斷開了⋯⋯即是代表那個人現在已遭到厄運！師兄你這樣做很容易會遭天譴的。」

「錦鯉王啊錦鯉王，你以前不是這麼畏首畏尾！為了錢，你明明甚麼事也可以幹得出來的！」

「因為我之前經歷過一件詭異事件，從此就領悟到凡事一定有因果，就算我們算得多準也好，也逃不出來……」

「足夠啦！老子現在沒有甚麼閒情逸致去聽你講這些騙小孩的大道理！若果你那麼喜歡好管閒事的話，就自己去找那個可憐蟲出來為他超渡超渡吧，我現在要好享一下自由的空氣！」

一日後，於陽氣最盛的中午，錦鯉王按前同門師兄風水昆所述前往深井，尋找一家名為「龍心拉麵」的拉麵店。當他抵達了拉麵店門外的時候，看到大門上貼有一張告示。

「東主大婚之喜，休息一週。」

他不禁戰慄起來，事因從門縫中，他聞到了那個畢生難忘的氣味，憶起與「臘肉」有關的一連串詭異事件，不過那已是另一個故事了。

「這種事……還是不要深究的好……對不起，愛莫能助……」錦鯉王急遽地低頭而走，避之則吉。

詭異日常事件II

　　這晚深水埗桂林街近通州街公園的街頭熱鬧得與往時不一樣，皆因一座已經人去樓空、等待拆卸重建的唐樓，旁邊的垃圾桶四周堆上近百件包羅萬有的雜物，被人非法棄置於街頭。它們就像跌在路旁的食物殘羹，引來了十多隻螞蟻——拾荒者在徘徊。拾荒者們都忙於鑑定、挑選著認為有剩餘價值的雜物。而人群中最為活躍的，是一名中年婦人，街坊稱她為「蓉姨」。

　　蓉姨憑她那豐富的拾荒經驗，銳利的目光透過老花眼鏡，兩三下子就已鎖定好目標並迅速地將它們納入自己的巨型手推車之上。跑鞋、高跟鞋、外套、高帽、絲巾、書包、輪椅、洋娃娃、電影光碟……具有相對高「市場價值」的半新不舊物品，全都逃不出她的法眼。那些南亞漢、業餘人士、來湊熱鬧的，都全非她的對手。最後她急不及待地推動手推車，沿著桂林街前往她擺賣的地點進發，因為擺賣地點是以先到先得的方式取得。

　　「嘻嘻！今晚的收穫很豐富！」蓉姨在心中暗喜。

　　「呠呠呠呠！」顧此失彼，她過馬路時竟樂極忘形得忘記留意交通燈的訊號！可惜現在已太遲，她已身在馬路的中央，距離她不足十米處橫衝直撞的小巴，已收掣不及，預計將於三秒內將她撞飛……她這副老骨頭來不及躲避，只能來得及閉上眼。

「你老母，看路啊！」

然而三秒過去，蓉姨睜大雙眼，竟發現自己與手推車仍安然無恙，小巴已擦身而過。她回首一瞥，發現不知甚麼時候手推車一旁竟然多了一位陌生的小男孩。他瘦弱的身子上穿著夏季小學校服，戴著一副卡通角色塑料面具，看不出他的面容。

「難道剛才是弟弟你救了婆婆我？」

小學生並沒有回應，背起手推車上的殘舊書包後就飛奔離去，矮小的身影消失於遠處的後巷。蓉姨感到莫名其妙，卻沒有打算追究。

――――――――――――

這晚蓉姨的生意相當好，她那位於深水埗鴨寮街的攤檔截至午夜十二時為止已經有約五百元的生意額。在她收拾物品準備離開的時候，突然間一名男子指向蓉姨，高呼一聲：「她！」，然後數名身穿黑色T恤的童黨從容不迫地靠近過來，包圍住她的攤檔。

其中一名一頭粉紅色髮色，留有「All back」髮型的青年態度輕佻地説：「這位嬸嬸，我的朋友説妳搶去了他的東西，另外這夜你也霸佔了他擺買二手電話的攤檔的位

置。妳也一把年紀了，不要恃老賣老，欺負這些可憐的難民哦！」

「甚麼！？你這乳臭未乾的小子在胡說甚麼！？我甚麼時候佔他的便宜！？這些雜物與攤檔位置都是先到先得的。既然你朋友甚麼也沒有，就不要妨礙別人做生意，叫他回印度吃蕉吧！」

粉紅頭青年沒有回應蓉姨，只是揮揮手，他的同夥就包圍著攤檔，以腳踩住貨物，使蓉姨亦不能收拾好物品。他們見蓉姨沒能力阻止，就得寸進尺開始搗亂。

「喲喝！來玩賽輪椅吧！」

「這高跟鞋這麼細小，教人怎麼穿？噢，對不起，破了。」

「你們不要欺人太甚！」

粉紅頭青年只微笑著，一邊把玩手上的 iPhone，一邊悠閒地抽煙。蓉姨勢孤力弱，根本拿這班小混混沒有辦法。在旁圍觀的途人也只是擺出一副湊熱鬧的樣子，甚至有人乘機偷取攤檔上的物品。

「啊！很痛！」粉紅頭青年突然失去重心，跌坐在攤

檔上。蓉姨發現戴著卡通角色面具的小學生又再度出現。接著小學生乾脆俐落地將小混混頭領手上的財物都奪去，又蹬了他一腳後就逃之夭夭。

「臭小子！你們快點去追他！」然後所有童黨都去追趕那名小孩。趁著小學生製造出來的混亂，蓉姨連忙收拾好比較輕便的雜物就急步離開。這時她心中萌生一個念頭：「如果下次再給我遇到那個小朋友，一定要報答他！」

———————————

阿新吐出嗆鼻的雲霧，盯著面前的三個電腦屏幕，忙於分析那對複雜的陰陽燭圖表，煩於決定沽出或買入那上市不久的「蚊型股票」。而同時有一樣東西更煩擾著他——昨晚逛街的時候他的 iPhone7 疑似被扒手盜去。手機內存有他股票交易戶口等敏感、重要的個人資料，而更為重要的是，手機套收藏有兩張比手機本身更珍貴的東西。一日不找回它們，他一日也不能安心去做一個全職股民。

他心煩得不能集中精神去鑽研炒賣策略，暴躁地一拳錘到鍵盤上去。

「呼……我要冷靜……EQ 很重要……心態決定境界……」

為平復心境，他打算先上網一會來放鬆一下心情。這時他看到了一宗有趣的新聞：美國有一男子的 iPhone 被人盜去，之後男子在自己的「iCloud」上發現一些陌生的自拍照片。原來是盜賊用偷回來的 iPhone 自拍，而 iPhone 自動地將照片上載至機主的 iCloud 帳戶內，結果男子就憑此破案尋回了自己的 iPhone。

阿新瞬間開啓自己的 iCloud，竟然看到有兩張新拍攝下來的照片被上載至 iCloud 之上！第一張是唐樓林立的午夜街頭照片；而第二張則是聚焦於充滿老香港風格的「信興酒樓」招牌。阿新一眼就認出那是攝於深水埗桂林街，然後，他發現這兩張照片拍照時間是 12:19 A.M.——即是一分鐘前。

（説不定那個扒手也是個笨賊！）

阿新火速駕駛愛車 Peugeot 308，抵達深水埗桂林街，可是阿新似乎已經姍姍來遲，街頭上的人寥寥可數。他抬頭望向「信興酒樓」招牌，竟勾起他的回憶：小時候家境相當貧困，只有喜慶的日子父母才會帶他去信興酒樓飲茶，縱使那裡的點心不太美味，但他每次都會笑逐顏開。

有次他向父母説：「將來我要努力工作，賺很多很多的錢，然後帶爸爸媽媽到陸羽茶室飲茶！」

　　母親微笑起來，撫撫他的頭道：「人生只有一次，如果只為錢而活的話你會錯過很多東西。」

　　「那麼我該怎樣做？」

　　「該不遺下任何遺憾地努力去爭取，為實現夢想而活！」

　　「我不太明白……媽媽妳又有甚麼夢想？」

　　「她的夢想是當個電影大明星嘛！」阿新父親一邊看報紙一邊插嘴道。

　　「哈！如果有這個機會我一定不惜代價地去爭取！那個時候你們不要怪我拋下你們不顧哦……對了，待會我們去看電影好嗎？」

　　腦海中浮現出父母親那印象模糊的臉龐。這時他發現自己不知不覺間竟走到小時候與父母居住的一棟唐樓附近，二十多年來他還是第一次回來。記憶就如大樹的樹枝，不停延伸開來，他憶起住在這裡最後一天的回憶，一輩子也抹不走的回憶……

　　阿新小學四年級的某天，與同伴暢快遊玩過後，興高采烈地奔跑起來，因為他成功將兩元購入的廉價面具以十

倍的價錢轉售，急不及待地飛奔回家打算告知父親他那天真的發財大計。然而當他一打開屋門，就看到一個既熟悉又陌生的畫面：映入眼簾的是一台被打翻在地上的輪椅，然後是父親那因患上糖尿病的雙腿，它與往日一樣腫得誇張；陌生的是父親當時的雙腿離地有一米之多，有如鐘擺一樣在左右搖擺著，尿液沿著腳尖滴至地上去……

阿新呆滯地抬頭仰望，看到父親被吊在玄關的天花板之上，他的臉已呈鐵青色，雙眼反白，面容扭曲地吐出腫脹的舌頭……

「嗚啊啊啊啊啊！！」一聲驚呼過後他就應聲暈倒。到下次張開眼的時候，他已身處於祖母的家中。

「阿仁是被她害死的！阿仁是被她害死的！我發誓一定不放過她！！我可憐的阿仁啊……我知你死不瞑目的，讓媽媽幫你……你要等我！」悲憤不已的祖母在不停咒罵著，然後就跑出屋，說要去殯房一趟。

就算祖母不說，阿新也知道父親阿仁輕生的原因。因為母親為了實現夢想而與丈夫阿仁終日吵架，最後離婚收場，那之後就再沒有回來。成為單親家庭的阿仁承受著巨大的經濟及精神壓力，從此一蹶不振，頹廢起來。他終日在家中酗酒，要靠祖母來接濟。不良的生活習慣亦令他的糖尿病更越發越嚴重，幾乎失去工作能力之餘還要照顧兒

子，結果阿仁就走上了自殺這條不歸路。

———————————

　　阿新每次一想起這段往事，心中的怒火都會被點燃，他恨那個拋夫棄子的母親。同時，他仍覺得委屈不已，不禁淚眼模糊。這時一件令人意外的事在他身旁發生了，他拭乾眼淚後，望向身旁的後巷巷口，竟看到一個紙紮娃娃。當時街上刮著大風，但它竟然不為所動，仍屹立在這巷口，向阿新展露著詭異的微笑。

　　「是誰三更半夜放這些詭異的玩意在這裡嚇人！？」阿新被紙紮娃娃嚇了一大跳，反射性地向它蹬上一腳，它理所當然地倒在地上。但這個時候，躺於地上的紙紮娃娃竟往深邃黑暗得彷似沒有盡頭的後巷內慢慢移動。細心一看原來它的頸子纏有一根暗紅色的繩索，看來後巷內有人扯動著紙紮娃娃⋯⋯

　　阿新想看看到底是甚麼人這麼無聊，於是乎步入後巷中。這個時候他感覺到背部被細小硬物撞擊到的感覺，他轉過身，看不見任何人跡，蒼涼殘舊的街景依舊。他垂下頭一看，拾起地上的手機保護套，那是屬於他那已報失的iPhone7，他慌張地翻弄它。

　　「沒有了？為甚麼沒有了！？那兩張票呢？」取而代

之，現在殼中只藏有一張字條：「來捉我啊！」

「偷了我的電話還有膽挑釁我！？」阿新大動肝火，一邊奔跑一邊試圖找尋向他扔手機殼的人，可惜徒勞無功。

「有種你就出來！看我如何跟你算帳！！」阿新向空無一人的街頭高喊出這一句。

---

又到了萬聖節，蓉姨沿福榮街走到深水埗，看到那些偽吸血殭屍、偽妖魔鬼怪，就想起昨晚那個奇怪的小學生。這晚她選擇了一個比較偏僻的位置來擺放她的二手雜物攤檔，坐了大半個晚上，只有數十元的生意額。但她沒有打算離開，希望再遇上昨晚連番搭救她的那個小學生，最後她始終敵不過睡魔，坐在櫈子上打盹。突然她感受到袖口被人拉扯就張開眼，昨晚那個小學生戴著面具，一言不發地站在她身旁。

「啊！小朋友！姨姨很感激你昨晚幫了我兩次！來，『Trick or treat』這裡有些糖果，都給你拿去吃吧！」

小學生沒有搭話，卻一邊點頭一邊接過蓉姨遞過來的一袋糖果，然後將它收在書包之中。他沒有離開，坐在攤

檔擺賣的一台輪椅上。

「對了，小朋友你叫甚麼名字？這麼夜了，你爸爸媽媽呢？」

小學生輕輕地搖頭。

「哦……家家有本難念的經。不如我叫你作『大隻仔』好嗎？你連那麼沉重的手推車也推得動！」

「……」這回小學生點頭作回應，同時從衣袋裡掏出兩張《見習無限者》電影戲票，將它們遞給蓉姨。戲票的背面寫有一句：「媽媽，一起看電影，然後一起回家吧。」

「你的媽媽呢？」

大隻仔輕輕地搖頭。

「她是否沒空陪你看電影？」

大隻仔輕輕地點頭。

「真過分！身為人母，竟拋下兒子不顧！好吧！姨姨就暫代你媽媽，陪你去看電影好嗎？」

大隻仔用力地點頭，之後便一蹦一跳地離去。

（真是個可憐的孩子……）望著他的背影，蓉姨感慨起來。

翌晚十時，蓉姨站在太子豪華戲院門前，雖已過了電影上映的時間，但仍在等待著大隻仔。不久他的身影終於浮現在蓉姨眼前，但這晚他與之前不太一樣，步伐沉重，可以看出有點虛弱的樣子。

蓉姨與大隻仔於電影院內並排而坐，大隻仔倚在她的肩膊上，蓉姨就這樣看著看著，觸景生情起來，她想起以前與自己兒子相處的溫馨時光，以往每逢喜慶的日子，都會一家人來這裡看電影，而她的兒子都會這樣倚在她的肩上。

到謝幕的時候，蓉姨已經制止不了奪眶而出的眼淚。

「為甚麼我可以那麼絕情？為甚麼我可以那麼絕情啊！？」蓉姨垂下頭，責怪自己。她不願意起身離座，怕被人看到自己老淚縱橫的樣子，更怕面對曾拋夫棄子的過去。如果時間可以重來，她渴望一切都可以重來，回到那人生中最幸福的歲月。

這個時候有一隻冰冷的手掃過她的面頰，大隻仔正為

她拭去臉上的淚水，令她回想起有次看電影時替兒子拭眼淚，此舉令她哭得更為激動。

二人好不容易才離開戲院，走在太子與深水埗之間那些令人感到無比落寞的街頭上。

「大隻仔你的家在哪裡？這麼夜了我送你回去吧。」

大隻仔搖搖頭。

「難道你無家可歸嗎？」

大隻仔用手緊緊抓著蓉姨的衣袖。

「真傷腦筋呢……」雖然蓉姨表面上這樣說，但內心卻覺得十分溫暖，心中的空洞、遺憾似被填上，因為以前兒子經常這樣拉她著的衣袖來跟著她。最後她決定帶大隻仔回家暫住一晚再作打算。

───────────────

阿新這天整日心神恍惚地呆望著 iCloud，他直覺認為那個電話扒手一定在嘲笑他的愚昧，亦一定會再次上載照片到 iCloud 來挑戰他。每想到被人玩弄於股掌之中，就令他暴跳如雷。

　　守株待兔大半日，兔子終於撞到大樹了。iCloud 上又有一張新拍攝下來的照片。阿新一眼便看得出照片中的是哪個地點——只要呆在那裡，他就會覺得彷彿回到人生中最溫暖最窩心的日子。

　　他即時行動，為節省時間及保持機動性，他這次選擇駕駛 Honda msx125 電單車。「轟隆！」一聲將油門扭至最盡，往太子方向狂飆而去。

　　不消十分鐘阿新就已抵達他的目的地。在太子豪華戲院的招牌下。碰巧是散場的時刻，觀眾都魚貫地離開，人頭湧湧。他確信那個偷取他電話的人就在人群之中，因為前天他到豪華戲院看電影後 iPhone7 就不翼而飛了。阿新取出自己的後備電話，撥打 iPhone7 上的電話號碼，同時開始一目十行地掃瞄四周路人的舉動。就在這個時候，他看到前方三個身位那個留有「All back」粉紅色髮型的青年鬼鬼祟祟前行，然後掏出了一部 iPhone。阿新有印象前天被這個男子輕輕碰撞過一下。

　　「就‧是‧他！」

　　阿新他將外套的帽子蓋到頭上，將外套拉鏈往上拉至最盡來遮蓋住自己的半張臉，準備就緒後就即時釋放出已儲了三天的怒火，衝前去對目標拳打腳踢，粉紅頭青年來不及防備突如其來的猛烈襲擊，已被打趴至地上。然後阿

新騎到他身上飽以老拳，將他打得頭崩額裂，以泄心頭之憤。

「不、不要再打……放過我，後天……不，明天！明天我一定有錢還給 Dragon 哥他的！求你！」粉紅頭青年由於雙手被阿新以關節技箝制住，動彈不得，只好語無倫次地求饒。

數名途人看不過阿新的暴行，上前阻止失控的他。

「不要阻止我！他偷了我的 iPhone7！」阿新奪去粉紅頭青年手上的 iPhone，高舉起來亮給途人看。

「就算偷去電話……下手也不用那麼重吧？」

「……他更偷去了我重要的電影門券，然後用它來這裡看戲啊啊！！」原來，祖母數個月前去世後，阿新買了兩張電影門券，猶豫著好不好邀請已不知多少個年頭沒有相見的母親去看電影的，想不到途中就被這小偷破壞了。

「先生，這台是 iPhone6S……」另一名途人回應道。

阿新看真點握在手上的電話，反高潮地，果真是台 iPhone6S！

　　「不！這傢伙是個扒手！前天我被他碰了一下後電話就不見了！」阿新死不認輸，尋遍他身上的所有口袋，前後共搜出 LG 及 Sony 共兩台智能電話，偏偏就是沒有iPhone7。

　　（難道我怪錯好人？）

　　這個時候兩名圍觀的途人不約而同地高呼起來：

　　「這不是我的手機嗎？」

　　「我的電話為甚麼會在他身上？」

　　看樣子粉紅頭青年是個如假包換的扒手，如雷的掌聲開始包圍著不知所措的阿新。

　　「懞面超人叔叔做得好！懞面超人叔叔做得好！」他更聽到旁邊一個小孩子稱他為懞面超人。

　　懞面超人叔叔就倖倖然地騎電單車回家。

　　剛才盤問過粉紅頭青年，阿新得知自己的 iPhone7 最後被一名戴著懞面超人的古怪小學生奪去。

　　「懞面超人……嗎？」這四個字勾起他的回憶……

　　阿新四年級的某天，與同學玩懞面超人捉怪獸的角色扮演遊戲。

　　「阿新，這次讓我來做一回懞面超人……可以嗎？」

　　「不行！澤峰你的腳跑不動，根本不像身手敏捷的懞面超人，還是做回怪獸吧！」

　　「但每次都是我做怪獸……」

　　「好了好了！這個懞面超人面具二十元賣給你，就讓你做一回懞面超人吧！但你不要忘記，在我取得『Sun Riser 光劍』之後，就會成為懞面超人之中最厲害的懞面超人！」

　　「好的！」

　　之後阿新興高采烈地奔跑回家，認為父親若然知道他那麼有賺錢的頭腦，定必會好好稱讚他一番。

———————————————

　　這晚南昌邨某公屋單位多了一個稀客。蓉姨與大隻仔並排而坐於那張從街頭回收的沙發之上，那台由後樓梯撿回來的收音機在播放著深宵的清談節目。

　　「我的家平時也沒有人會來，所以顯得有點亂，不要太介意喔！」蓉姨望向大廳那座由雜物堆砌起來的小山丘，感到有點不好意思。然而她並沒有扔掉雜物的打算，認為每件被拋棄之物背後有自己的故事。

　　她好奇地問：「大隻仔你整天戴著面具，不覺得悶熱的嗎？」

　　大隻仔搖搖頭，之後就衰弱地伏在蓉姨的大腿上沉沉睡去。蓉姨輕撫著他那冰冷的身軀。

　　（這麼瘦弱……真是個可憐的孩子，難道他沒有家人照顧嗎？）

　　蓉姨在心中感嘆，恍似看見自己兒子的身影。想著想著，她又飲泣起來；哭著哭著，她漸漸睡去……

　　「推……我……」
　　「嘭嘭嘭！」
　　「推……我……」
　　「嘭嘭嘭！」

　　尖銳的呼叫聲與拍門聲在交替地響起，吵醒了熟睡中的蓉姨，她小心翼翼地移開大隻仔。

「這麼夜在嘈吵甚麼？有病的！」蓉姨繼而步向玄關，暴躁不已。一開門，竟出乎她意料之外。

門外並沒有人，只有一台破輪椅，它的輪子繫著一條暗紅色的粗麻繩。

她探頭出門外，由於沒有戴上老花眼鏡的關係，模糊之中她只看到粗麻繩伸延至走廊的盡頭，沒有看到半個人。

「到底是甚麼人這麼無聊？有病就快點去青山吧！」她一腳蹬開輪椅，因為這種破爛的東西連擺在二手攤檔販賣的資格也沒有。及後她關上門，回頭走不上幾步的時候：

「嘭嘭嘭！」
「推⋯⋯我⋯⋯」

剛才的怪異聲音又再度出現！蓉姨心寒了一下：「難不成這是那些不吉利的東西？」怪異聲音仍在持續著。

（老娘甚麼鬼也不怕！）

蓉姨嚥下一口口水，鼓起勇氣打算再度打開門。就在這個時候，一隻冰冷的手臂抓住了她，原來是大隻仔。大隻仔代替她打開門，一開門，又看到剛才的破輪椅擋在單

位門口……

　　蓉姨驚呆地站在原地，大隻仔沒有等她作反應，就走出門外，捧起輪椅走至走廊的盡頭。蓉姨感到耐人尋味，有如第一次與大隻仔相遇時的情況……

　　「大隻仔他……到底是甚麼人？」

　　到了翌日晚上，蓉姨獨個兒坐在通州街公園的涼亭上發呆，她對剛才的聽聞耿耿於懷。

　　今天稍早的時候，蓉姨去了桂林街天后廟找她的老朋友「龍婆」。龍婆是在天后廟中當雜工的，卻常自吹自擂自己是天后娘娘的代言人。

　　「稀客稀客！阿蓉妳又來這裡找天后娘娘嗎？」

　　「算是吧……是這樣的……」蓉姨把昨晚發生的怪事及大隻仔的事告訴龍婆。

　　…………

　　「阿蓉……真的大吉利是！天后娘娘説——那個甚麼『大隻仔』其實是一頭厲鬼來的！」

「為甚麼這麼説？他沒有害我哦！」

「妳有所不知了……今早有位太太帶了她那小學三年級女兒來見我。她説女兒在前一天的傍晚補習完畢經過通洲街公園時，遇到一個戴著塑膠面具的小學生。接著他們一起玩耍了一會，她女兒好奇地掀開他的面具，就即時嚇得哭著逃跑，妳猜她當時看到甚麼？」

「有話直説，不要賣關子！」

「……面具下方是一張不成人型的臉啊！這不是厲鬼的話可以是甚麼？所以我一直都有提醒你，叫你不要隨便在街上拾東西回家，那些被棄置物很可能附有邪靈……」

蓉姨不願意相信，她甚至認為大隻仔是人還是厲鬼都不重要。因為她在與大隻仔相處，感覺到善良的氣息。而每次看見他穿著校服的樣子，都會想起自己的親兒。二十多年前她拋棄過兒子，現在不想再重蹈覆轍。

於是蓉姨四出尋找大隻仔的下落，很擔心他的狀況。最後仍無果而還，唯有坐在通洲街公園內守株待兔。

———————————————

阿新今天在家發呆了一整天，電話被盜一事仍教他無

法釋懷。不過現在的情況有點微妙，那個偷去電話的古怪小學生令他想起小學同學澤峰。話説當年將懞面超人面具賣給澤峰之後，有一段時間他沉迷於扮演懞面超人，課餘的時間都見他戴著懞面超人面具，説治好雙腳之後要當一個懞面超人。某一天，澤峰就沒有回學校上課了。原來他前一晚戴上懞面超人面具扮演懞面超人，從自己家中的窗口躍出，墮樓而亡。

時至今日阿新對澤峰墮樓的一事感到內疚，如果不是自己將面具賣給他並讓他扮演懞面超人的角色，他就不會死！

「是你嗎，澤峰？是你拿走了我的手提電話嗎？」

這個時候又有數張圖片被上載至 iCloud 上。阿新看到後驚惶不已，即時連滾帶跳地跑出屋外⋯⋯

———————————————

時值午夜一時三十分，南昌邨這個日間熙攘往來的屋邨得到了片刻的沉寂。這有如一道可讓人躲在其中間隙，來暫時忘記日間繁囂的鬧市生活，但這種寂靜帶給蓉姨更為深沉的失落感。她步履蹣跚，有如一頭孤獨的幽靈在公屋走廊飄過。不久，她就抵達自己的公屋單位門前。

一打開門，為數不少的蟑螂即時奪門而出。但蓉姨沒有驚慌，反而感慨起來：

「哈！想不到現在連『小強』也嫌棄我……」

亮起燈，蓉姨擦乾濕潤的眼眶，幸好那座由雜物堆起來的山丘仍健在，這個幾乎達到天花板高度的山丘，帶給她一絲的安慰及安全感。她坐在由垃圾站拾回來的安樂椅上，扭開收音機，呆望著那座小山丘，她又開始喃喃自語起來：

「你們就是我的家人，如果他朝我死在這裡，你們就成為我的陪葬品了。你們和我一樣，都是不被人需要的沒用東西、廢物……

對，沒有人會需要我。當年為了所謂的夢想而親手破壞了自己的家庭……奶奶一直不讓我去見阿新，不讓我認他為兒子……落得如斯下場也是理所當然的事，孤獨終老是我應得的報應……

啊！如果你們都是有生命的就好啦，那麼就可以如大隻仔一樣陪伴著我，不必讓我一個人孤苦伶仃地活在這裡等死……但我仍不想死，我有很多心願未了……誰！誰願意來聽我的心願！？哈……我竟然對著這堆爛銅爛鐵說這些？一定是瘋了！」

然而，蓉姨的説話似乎觸動屋內的某些事物……

收音機原本播放著她聽不懂的英文歌，但英文歌這時竟突然間中斷，發出吱吱喳喳的噪音。她扭動幾下收音機的調節鍵，狀況沒有改變，就思疑它的壽命是否已到盡頭。在微調之下，噪音漸漸變回可以聽懂的聲音。終於，她轉對頻道了，收音機説出兩個她聽得懂的單字：

「推……我……」

這兩個字令蓉姨回想起昨晚所發生的怪事，就連忙關上它的開關。

「大吉利是！！明晚將它賣掉……不，還是明早將它丟掉比較直接！對了，順道又找一找『大隻仔』……」

睡意來得很突然，也來得正及時。因為她每次憂鬱得快要撐不過來時，往往倒頭大睡一場後負面情緒就會消失得無影無蹤。她關掉電燈就躺在旁邊的床，去找周公談心去。

蓉姨閉上眼不夠十秒，本來寂靜得連蚊蟲拍翅聲音也聽不見的四周，竟然有一些微弱卻突兀的聲音揚起：「吱……依……」

　　那是一些類似金屬與金屬間的摩擦聲，像打開生鏽鐵閘的聲音；也像是生鏽的軸承轉動的聲音⋯⋯蓉姨對這聲音有印象，卻一時三刻想不起在哪兒聽見過。霎時睜開眼坐在床上，看到橘黃色的街燈透進單位內，在幽暗的環境下由雜物堆起來的小山丘孤獨地聳立在虛空之中。可是摩擦聲並非由小山丘傳來，而是由另一邊的廚房傳來⋯⋯

　　（我忘記關水喉之類的東西嗎？唉！年紀大，記憶壞！）她打算下床走去廚房，然而不消一刻鐘，她已打消了這個念頭，因為聲音的源頭已經現身──

　　一張殘舊的輪椅慢慢地、慢慢地由廚房移動出來，彷彿怕驚動已入睡的人般⋯⋯輪椅上坐著一個人。那人被一副破舊且泛黃的白布覆蓋著，但透過白布立體的輪廓，仍然可以看到他的坐姿：他是仰起頭，雙手擺在扶手上，腳部的形狀腫得很厲害，有如一個患上嚴重糖尿病病人的腳似的。那麼是否有人在推動輪椅呢？答案是「有的」，如果將紙紮娃娃也當作人般看待的話⋯⋯

　　一個女紙紮娃娃站在輪椅後面⋯⋯

　　一根暗紅色的繩索由白布的下方延伸出來，彼端繫在紙紮娃娃的頸⋯⋯

　　女紙紮娃娃推著輪椅，輪椅載著那「人」，一切唐突

的事物都以秒速五厘米的速度接近蓉姨的床⋯⋯

突然，紙紮娃娃的身軀承受不了這種體力勞動，身上的彩紙慢慢地開始變形、剝落，然後殘破不堪地倒在地上，反被輪椅拖拉於地上。

「推⋯⋯我我我我我我！」輪椅上的「人」這時就有反應，本來後仰的頭顱在瘋狂地抖動著，使披在那之上的白布快要滑落。缺少了紙紮娃娃替它代勞，它就親力親為地讓輪椅前進，一雙灰黑色滿佈密密麻麻皺紋的手就由白布下伸出來，推動起輪椅的那已變形的生鏽輪子⋯⋯

「推推推⋯⋯我我我我！」它又大叫起來，呼叫聲恰似花旦在台上以尖銳唱腔呼叫出來的高八度聲音。

蓉姨本想大叫，但知道大叫是沒有用的。如果大叫有用，世上就沒有戰爭、沒有殺人、沒有強姦，也沒有活見鬼這回事！她深感後悔沒有聽龍婆說完就走！

與其坐以待斃，不如迅速逃離這個單位方是活路。因為心願未了，在與兒子一起去飲茶及看電影之前，她並不願意就這樣淪為詭異事物的一員！

蓉姨惶恐地跳下床逃走，可能是光線太暗的關係，她走至雜物山前方時不慎踩到雜物，整個人撲倒於雜物山

側。不幸地，這引發了傾瀉作用，蓉姨就被自己撿回來的雜物壓住動彈不得，呼吸困難。

「咦……依……」另一方面輪椅已近在咫尺。蓋在之上的白布已滑落，看到那個坐在輪椅之上的「人」。他的臉已呈鐵青色，雙眼反白，面容扭曲地吐出腫脹的舌頭……

「阿仁……你現在來找我報冤了嗎？」蓉姨氣若遊絲地道出這句。她意識極為模糊，這數天內所發生的事就如走馬燈一樣在她腦海中盤旋。在迷糊中，她看看到了大隻仔——他穿著夏季小學校服背著書包，雙手交叉抱胸在玄關處站立著，頭戴著懞面超人面具。

然後這位懞面超人衝往輪椅的前方，竟與在輪椅上的詭異事物搏鬥起來。雙方都互相緊緊勒住對方的頸子，時而躍起，時而在地上纏鬥。

「阿仁」佔上風，以腫脹得變形的腿踩在懞面超人的腹腔之上，懞面超人極為痛苦地掙扎。

這時蓉姨發現壓於自己身上的雜物堆中有一把玩具劍，就回想起收藏這把劍的經過：阿新小時候曾鬧彆扭要她買玩具劍給他來玩懞面超人角色扮演遊戲，蓉姨就偷偷買下這把玩具劍，想在他生日時給他一個驚喜，只可惜最

終都沒法將這件生日禮物交到他的手上。

蓉姨以僅餘的氣力拔出這把劍，然後將它拋給懞面超人。在地上苦苦掙扎的懞面超人拾起劍，當即將它插至「阿仁」的胸膛。

「嗚哦哦哦哦哦哦哦！！」它痛苦地大喊一聲，就軟攤至輪椅之上。懞面超人沒有放過這個機會，他將「阿仁」連同輪椅一併舉起，衝往窗戶前，似乎想將他拋出窗外，「阿仁」亦似乎察覺到他的意圖，以雙手死死地纏著懞面超人。

這個時候，懞面超人吃力地爬上窗台，「再見。」他說出這最初與最後的兩個字，就這樣往外一躍，與「阿仁」雙雙跳出窗外⋯⋯

雖然如拍攝動作電影的場面已落幕，但蓉姨仍未脫離危險。因為她仍被雜物壓住，呼吸極為困難。

（哈哈⋯⋯這說是自作孽不可活嗎？抱歉呢大隻仔⋯⋯蓉姨我快撐不住，恐怕會浪費你的苦心⋯⋯）她無力地閉上眼。

「媽！對不起！我來得太遲！妳要支持下去啊！！」

　　這個時候，她在模糊中聽到一把熟悉的聲音。心中湧起一股脈動，便有力量去睜開眼。在模糊中，她彷彿看到她那穿著小學校服的兒子在拼命挖開壓在自己身上的雜物。

　　「……對不起，這些收藏品……都是你想媽媽買給你的東西……最後終於……可以交到你手上去了……」

　　「嗚嗚……這個時候仍在說這些！」

　　蓉姨感覺到有數顆溫熱的水點滴在手臂上。

　　「阿新……你又哭了嗎？」

　　「沒有！這……嗚……只是汗水！」

　　「……不用怕，現在媽媽在這裡……陪你……去看電影……陪你……一起……」

　　「媽！！！」

　　蓉姨再次張開眼時，已身處醫院中。她望向病床旁邊，一個既陌生又熟悉的男子坐在凳子上打瞌睡。

「你是阿新⋯⋯你為會在這裡的？是你救出我的嗎？」蓉姨即時淚如雨下。

阿新從打盹中醒過來，看到哭成淚人的母親，便溫柔地道：

「我想⋯⋯是我的幪面超人朋友救了妳⋯⋯」阿新揚起他手上那失而復得的 iPhone7，屏幕上有一張蓉姨被雜物壓倒在地上的相片。

蓉姨聽到後，有如一個小孩般嚎啕大哭起來。阿新見狀亦跟著哭起來，擁著她道：

「對不起⋯⋯是兒子我不孝⋯⋯謝謝你⋯⋯澤峰⋯⋯你才是最厲害的幪面超人！」

―――――――――――――――――

那之後，蓉姨收到房署的檢控，控告她於深夜將一輛輪椅拋出窗外，犯高空擲物罪。禍不單行，她的公屋單位由於被發現堆積了大量雜物，已扣滿分，將可能失去居住公屋的資格，落得無家可歸的下場。她卻沒有對阿新坦白，認為雖然他已原諒自己，卻沒有資格去要求他去照顧自己。

　　某晚，阿新邀蓉姨去豪華戲院看電影。在戲院門外等候入場時⋯⋯

　　「阿新，你這晚為甚麼背著小學生書包呢？」

　　「妳沒有印象嗎？」

　　蓉姨戴上老花眼鏡：「這個⋯⋯難道是大隻仔⋯⋯澤峰的書包！？」

　　「來，給妳！」阿新將書包，卸下並交給蓉姨。

　　蓉姨好奇地打開書包，發現書包內有一塊懷面超人面具、有她當天送給大隻仔的糖果、還有一冊繪本，內裡畫有不少懷面超人圖畫，還寫有一句：

　　「將來我長大後，要當一個正義的懷面超人！去打到壞人！」

　　而書包內亦藏有一張母親節賀卡，上面寫有：

　　「媽，一起回家吧。

　　　　　　　　　　　　　　　　　阿新」

　　蓉姨又哭起來。

「媽，不要哭，現在兒子我在這裡。來，去看電影，然後一起回家吧！」

蓉姨又哭又笑，將書包緊緊地擁抱於胸膛，與阿新一起走入戲院門內。她已決定永遠珍藏起這個書包、這段回憶。

# 詭異日常事件Ⅳ

詭異日常事件Ⅱ

跑步

　　距離「渣打馬拉松」還有兩個星期，已報名參加公開組賽事的邦泰為了備戰，於晚上穿上印有理工大學校徽的運動服，出發去跑步。邦泰認為自己今晚的狀態不俗，由荔景的家出發跑向作為終點的荃灣西，只花了不足個半小時就完成了訓練目標。

　　「現在還不足十點，由這裡慢跑回家吧。」他一邊聽著MP3，一邊沿著工業區的路慢跑回荔景，那裡比較少阻礙他的途人。

　　經過杳無人煙的永基路五人足球場，一個殘舊的足球在孤零零地滾動著，他發現四周的景色變得極為陌生。星期六晚上的葵涌工業區顯得極為蒼涼，陰沉的路燈已無心工作，路上的貨車如被人遺棄一樣，於凹凸不平的石屎路上亂泊一通。四周的工廠大廈是香港黃金歲月的見證者，現在的身姿卻有如一座又一座中世紀遺留下來的古堡般陰森，拼湊出這條街道的不協調感，街上除邦泰一人之外全然沒有半個人影。

　　「下班時間過後，又有甚麼人會留戀在這種殘破得令人鬱卒的工廠區呢？」他自小就被灌輸香港工業已死這個客觀陳述。

　　沉醉於遊思妄想時，小腿突發傳來繃緊的痛楚，將邦泰揪回現實。他感覺到小腿有如被一雙無形的巨爪抓住，

不自主地抽搐著。原來在不知不覺間他已超過了自己身體的極限，小腿以抽筋來抗議他的任性，唯有停下來進行舒展筋骨的動作，等待小腿復原。

「反正明天不用回大學，而且現在又不是正式比賽，不用急、不用急……」他有點擔心小腿肌肉會拉傷，影響將來比賽的表現。他於 MP3 機中選出喜愛的《夕陽無限好》，試圖令自己身心放鬆。

「枉當初苦苦送禮　最艷的花卉　最後化爛泥
　　夕陽無限好……咳咳……咳……咳……」

突然一股突兀的咳嗽聲穿透 BeatsX 耳機，打斷邦泰聽歌的雅興。他拿下高隔音性能耳筒，搜索咳聲的源頭。他看到旁邊工廈的停車場內，有一名身穿護士制服的女子正背向他，頭上的啡色馬尾辮子因為咳嗽而不停搖晃。

「咳得很厲害的樣子……這位護士小姐難道被病人傳染了麼？説起來她的背影很苗條，加上馬尾髮型很合我口味。如果能夠一睹她的芳容就好……如果可以和紮馬尾的美少女一同在公園月下談心就好……」

護士背向他越走越遠，馬尾辮子亦有規律地一左一右地晃動。邦泰猜這個護士應該是正要去停車場取車，就沒有理會她，戴回耳筒繼續前行。

「今年一定要完成比賽，然後在終點『打卡』，貼到 Facebook 及 Instagram 上！」芷澄剛替中學的後輩補完習，就將頭髮束成馬尾狀，燃起熊熊的鬥心，由荔景跑回她荃灣西的家，她的腦袋已被「渣打馬拉松」這五個大字所佔據。

「糟了，我好像……有點迷路……」十分鐘後，芷澄迷失在葵青區街道。

之前總是在運動場內鍛煉，加上是第一次在街上練跑，尤其是晚上，縱橫交錯的街道，令缺乏方向感的她產生街道似是被土地公偷偷地移了位的錯覺。

由懂事至今年入讀大專院校為止的十九年人生中，芷澄都習慣跟從指令、潮流而前行。今次也不例外，她依賴起電話屏幕上 Google Map 的指示，緩步跑過空無一人的葵順街遊樂場。顧此失彼的情況下，被一個快速前進的人撞得腳步不穩。她握穩快要跌落地的電話，再抬起頭時，那人已經不見了，只遺留一陣花香與惡臭混合而成的怪味。

「真是沒有禮貌！撞到人最低限度該說句 Sorry 嘛！」

　　她對那人的行為不以為然，走進附近的便利店購買運動飲品。

　　「荃灣在葵涌的北面，便即是說我向北跑就一定可以回到家……」

　　稍為補充體力後，她又繼續上路，然而不知不覺發現自己走到了葵涌工業區的邊緣。四野無人，就連在公路上奔馳的車輛也疏落起來。Google Map 更顯示出葵涌火葬場離她只有不足二百公尺的距離。她的內心泛起一縷不安，想起媽咪常告誡她女孩子不應該在人少的地方蹓躂，便下意識地加快了步速。

　　跑著跑著，芷澄看到前方有一台亮起死火燈（危險警告燈）的貨車停泊在路旁。貨車旁有兩男一女聚集在討論著甚麼，他們的衣著與夜幕低垂的工業區顯得格格不入。終於在靜謐的街道遇到人，芷澄感受到少許的安心感。好奇心驅使下，她停下腳步，一邊飲運動飲料，一邊偷聽他們的對話。

　　「你們怎樣辦事的？明明已經兩人一起看守著！」那個穿西裝滿面油光的中年男子挺直腰桿，中氣十足地向另外那一男一女責問道，給人的印象有如日劇《半澤直樹》中的半澤直樹。

「嘖，都是維維的錯，剛才人家看到他只顧玩Pokemon Go。」那名身穿性感露臍裝，年約二十尾三十頭，令人感覺到濃濃蘭桂坊氣息的時髦女郎雙手抱胸埋怨。

「因為……因為剛才在迴旋處遇到罕見的啓暴龍啊！但、但我其餘的時間都有看緊『斌仔』的！反而Victoria……她、她就全程只顧著化濃妝及用手機玩、玩交友程式……」那名頭戴圓形黑框眼鏡，廿來歲的「大孩子」，吞吞吐吐為自己辯護道。望向他那如同蘑菇一樣的髮型，使人聯想起欠交功課而被老師罰站在走廊的野比大雄。

「老闆啊，冒犯說句，『斌仔』的氣味那麼濃烈且叫人難以忍受，人家不看一看飛機師、律師、設計師來分散注意力的話，很容易令人家心理不平衡的嘛……」名叫Victoria的蘭桂坊女郎故作扭擰地向西裝男求情。

「啊！火葬場那邊有罕有的『火伊貝』！」另一方面，名叫維維的大男孩指著電話興奮地道，似乎已將正事拋諸腦後。

西裝男拿他們沒轍，用手拍一拍印有「楊福記清潔服務有限公司」的貨車車廂：「你們專業點行嗎？幹我們這一行，不敬業就如同玩火自焚，相信你們明白的。如果明早之前找不回『斌仔』，後果更是非同小可的啊！」

「是，對不起。」Victoria 與維維不約而同地鞠躬道歉。

「現在先不管誰是誰非！我們首要之務是找回它⋯⋯在出問題之前。你們兩人分頭去找吧。但謹記無論如何，都不要進入旁邊的公園。」西裝男發號司令，然後 Victoria 及維維即時一哄而散。

明明他們說的都是中文，芷澄卻對於他們三人的談話內容聽得一頭霧水，所以聽到一半時已無心裝載。與此同時，西裝男察覺到路過的她，忽然走過來，笑瞇瞇地問：

「這位同學，為何這麼夜了還要獨自跑到這種地方？」

（這個怪人為甚麼知道我仍在唸書呢？）芷澄露出了少許戒心。

「我只是在練跑，路過而已⋯⋯」

「對了，請問同學剛才有否遇到甚麼奇怪或可疑的人或事呢？」

「有啊，奇怪的人或事就是你們一行人嘛，神祕兮兮的⋯⋯」芷澄本想這樣說⋯⋯

「沒有。這裡很靜，沒有遇到甚麼東西。」

「這樣也好⋯⋯其實我們現在在找一件遺失了的東西，如果你看到『它』的話，請保持冷靜即時與我們聯絡⋯⋯」

「沒有問題，那是甚麼呢？」

然後揚福收起笑容，神情即時變得謹慎起來。

───────────────

邦泰小腿肌肉已舒緩不少，已穿過三數個街口，走到醉酒灣葵涌公園附近。在無人的街道上，望向右側的山坡，樹木茂密地生長著，想不到工業區中竟然有這麼大的個森林，令他有感香港的城市規劃混亂。這時耳筒開始播送他最喜愛的那首金曲──陳奕迅《我的快樂時代》。

「讓我有個永遠假期　讓我渴睡也可嬉戲」

在小學的暑假第一次聽這首歌的時候，他很喜歡這句歌詞。

「從今天開始　相識當作別離　時間就似活多一世紀」

在中學畢業當日，他聽到這首歌，內心被唏噓及感慨

填滿。

「離時代遠遠　沒人間煙火　毫無代價唱最幸福的歌
願我可」

時至今日將要投身於社會，他極之想成為歌中之人，
因為他對不明朗的前途揣揣不安。難道往後的數十年，自
己將成為一個無關輕重的小齒輪，每天只可以營營役役地
度過嗎？他不知道答案，而參加馬拉松比賽的初衷，就是
希望在鍛鍊身體及意志的過程中尋找到自己往後人生的意
義。

「唯求在某次盡情歡樂過　時間夠了」
「咳咳咳咳咳……」

誰知這個時候，一連串連續的咳嗽聲又再度強行打斷
歌曲。邦泰回眸一看，剛才那名穿護士制服的女子又映入
於他眼簾下。女子依舊以微駝的背脊向著他，然而這次她
與他之間的距離變得更加接近，手上亦多出一把破傘。邦
泰所聽到的咳嗽聲比之前來得更為響亮。現在女子咳嗽得
劇烈，狀似極為痛苦，半彎下腰，束於頭顱上的馬尾因咳
嗽而在猛烈搖晃，有如蕩於半空中的無人鞦韆。

「剛才她不是與我背道而行的嗎？為甚麼又會在這裡
遇見她？」邦泰還未及解答自己內心的疑問，女子突然

挺直身子，緩緩地解下護士制服，露出泛黃的白色連身裙。同時她張開那把破傘，咳嗽就好轉不少，背向邦泰而行⋯⋯

邦泰感到目前的情況有點不對勁，祖母曾説過如果天沒有下雨，就要提防在陰天或晚上撐傘的人。不安的情緒令他不禁加快前行的步伐。走至一個交通燈位，行人燈號泛紅。正所謂馬路如虎口，交通規則要遵守。如果走至半路的時候小腿又突然抽筋起來就危險了，於是他就停下腳步來等候。

耳筒開始播放陳奕迅的另一首歌曲——《天下無雙》：

「若問世界咳咳咳咳咳咳咳咳咳咳咳咳咳咳咳⋯⋯」

突然，猛烈且沙啞的咳嗽聲在邦泰背後響起，聲音比前兩次聽到的更為響亮，每一聲都撼動著他的心扉。好奇心與不協調感互相輝映，成為他回頭張望的動機。這是他這晚第三次的「回頭」，在執行這個動作的0.5秒中，腦海剎那間閃過孩提時聽外婆説過的一則恐怖故事：

那故事是説一個男子有一晚寄宿在多年沒有見面的前度女友家。睡前，前女友叮囑他：「在晚上千萬不要來回走廊三次，也絕對不要回頭望向走廊旁邊的雜物房⋯⋯」

　　男子以為前度女友只是在開他玩笑，就對她的警告不以為意。

　　「嗵……嗵……嗵……」深夜中傳出來歷不明的錘打聲，男子聞聲而醒。一醒過來尿意即湧現，男子穿過走廊前往廁所，卻對那雜物房有點在意。人的心理就是那麼奇怪，明知道是禁忌，偏偏仍要去犯禁。他往那雜物房內看一眼……

　　房門虛掩，內裡沒有甚麼奇怪的地方。

　　醒來以後他就無心睡眠，於客房中看電視解悶。可能是當晚喝上太多酒的關係，他每隔一段時間就要穿過走廊去廁所方便方便。他第二次來回走廊去廁所，發現虛掩的房門內的邊緣原來聳立著一具缺少了頭顱的模特兒娃娃。最後，第三次穿過走廊去廁所，在走回房間的時候，男子便聽到雜物房內傳出尖尖的怪啼聲：

　　「你為甚麼三次也不理睬人家！」
　　「你為甚麼三次也不理睬人家！」
　　「你為甚麼三次也不理睬人家！」

　　他反射性地撐過頭望向房間，看到一個身穿紅色連衣裙的人形物體站在房門口，它手持生鏽而沾有血污的鐵錘。缺少了頭顱……不，正確點來說，它是有「頭」

的，只是頭顱被壓扁成一層皮狀物，如洩了氣的氣球般垂下至肩膊上。它開始不停地抖動著四肢，步出房門，揮舞鐵錘。

「嗚啊啊啊啊啊！」

「嗵……嗵……嗵……」

---

　　古語有云：「一次生，兩次熟，三次大結局。」果然，出事總在第三次。邦泰制止不了自己的反射神經，驀然回首，那女子撐著傘子的背影竟已立在自己背後，觸手可及矣！

　　這時邦泰不單是小腿在抽搐著，連心臟的跳動速度也急促得快要失控到抽搐的地步。死寂的街道上，一切的事物似被暗橙色的燈光凝結起來，包括魂不附體的他。

　　有一件東西開始動起來，打破了這個沉寂的局面。那女子緩緩地將頭擰轉過來，難道邦泰那麼幸運，可以以不足三尺的距離內目睹女子的「芳容」麼……

　　頭已轉過來，可惜，女子的臉上蓋著一個大得覆蓋著整張臉的口罩，而她的口罩大得將整塊面覆蓋住，難道她

的病嚴重得病入膏肓，甚至返魂乏術？細心觀察，那口罩是呈凹陷狀的，那麼豈不是暗示了被口罩所掩蓋的「芳容」並不是尋常的容貌？雖然答案已呼之欲出，邦泰卻認為自己不懂……

打死他也不願意懂。

但女子很樂意解答他的問題，她緩緩地舉起蒼白的右手，再以不太流暢的動作緩慢地扯下臉上的口罩，口罩的頂端被扯下少許至額頭位置時，已露出一道寬厚得誇張的深紫色上唇，唇內遍佈密密麻麻參差不齊的牙齒，牙齒漆黑並光滑得反光，由牙縫間滲出濃烈得教人窒息的腐敗吐息……

邦泰自出娘胎二十二年來，從未遇過此等詭異事物。不，按常理就算再過多二十二年也不可能會遇到此等怪異的事物。但現實就是現實，眼前的那女子已證明自己是不屬於這個世上的事物。

極限的恐懼感令邦泰已發軟的身體再次活動起來，往前落荒而逃，不顧一切地衝出馬路。就算他那條價值千多大元的 BeatsX 藍牙耳筒不幸跌落於地上也無暇撿回它。九死一生，邦泰幾乎被一輛路過的貨車撞倒，但他沒有停下腳步的意思，因為急促的喘咳聲未曾從他的身後停歇過半晌。

來自腿部肌肉的抽搐越來越強烈……

「堅持住！之後斷掉也沒有關係！」

胸腔中灼痛難耐的感覺愈加猛烈……

「吸更多的氣！之後讓你吸 100% 純氧氣也可以！」

腦部開始因缺氧而出現麻痺的感覺，因為邦泰在剛才耗盡大半體力，已嚴重透支，速度逐漸下降，而相對地喘咳聲越來越接近。

「我只是來跑步而已……為甚麼要遇上這種東西！？」他那發麻的腦袋只得出這個感想，幸好天無絕人之路，在邦泰拐角跑至一條廢棄的天橋底時，嗡嗡作響的耳窩聽到前方的草叢傳出一把聲音：「快進來……」

從模糊的視野中，邦泰看到遠方叢林的入口處有一隻手伸出來向他招手。

「有人！」邦泰用僅存的氣力往那裡逃跑去……

---

另一方面，芷澄繼續她的旅途。她一邊跑著一邊思索

著剛才那名自稱清潔工人，名叫楊福的西裝男所說的怪誕故事。故事孰真孰假，芷澄仍未有定奪……

「我們遺失的東西……是一具男性屍體，年約二十二歲。」楊福表情嚴肅，不似是開玩笑的樣子。

「哦！原來是屍體，如果我看到的話……等等！甚麼？屍體！？」

「妳沒有聽錯，是具屍體。如妳所見，我們的工作是運送它去葵涌火葬場。遺憾的是途中由於員工玩忽職守，而被它逃走了……」

「屍體怎麼可能會自己逃走？如果懂得自己逃走的話，那個人根本還沒有死去吧！？」

「同學妳太年輕了，就讓在下說個故事給妳聽好嗎？」

楊福：「那條屍體的來歷，要由一段往事開始說起……」

兩年多前有一名心地善良，樂於幫助街坊的年輕人，他住在在元朗橫洲附近。有日他於田野間散步，目睹三數過不明來歷的惡煞在一塊種滿農作物的農田中肆意破壞。農田一旁站著一名老婦，眼看自己的心血被無情地

摧殘，她卻無力反抗，只能站在一旁掩面痛哭。而其他旁觀的路人都沒有膽量去干涉，因為他們知道如果牽涉入事件中，很可能遭受牽連，因為強出頭的人通常都沒有好下場。

然而年輕人感到憤憤不平，認為不能視若無睹這種暴行，就毅然站出來出面阻止。

「豈有此理，光天化日竟然欺負老弱！？」

「滾開，你老母！這個貪婪的老婦擅自霸佔了議員先生的土地！我們現在是替特區政府去清除長在這裡的雜草，完全合情合理合法，所以小子你最好不要多管閒事，不要讓你的媽咪受罪！」一名身穿黑衣、紋有龍形紋身的金髮壯男理直氣壯地吆喝道。他右手緊握鐵棒，揚起左手那份印滿英文字句的文件，一文一武，霸氣十足的樣子。

「我在這裡種菜已經有廿多三十年了，真的不知道土地原來是屬於議員先生的……求求大哥你們網開一面吧。香港土地矜貴，我和丈夫真的負擔不起地租去種菜維生……」老婦飲泣，更急得跪於地上求饒。

「無需多講廢話！之前已經警告過妳們很多次！議員先生要在這裡興建停車場！」

年輕人真的憤怒了，竟上前推撞龍紋身男。

「阿樂，阿揚，有人打我啊！」這個時候另外兩名惡煞二話不說即時跑過來圍毆年輕人。

「望甚麼望？沒有甚麼好望的，走走走！」龍紋身男則忙於驅趕在一旁圍觀的閒人。

年輕人忍受著被拳打腳踢的劇痛。「這世上還有天理嗎？」他心中泛起了這個疑問，突然間，遠方鳴起警笛聲。可幸，天網恢恢疏而不漏。

在警署落口供的時候，年輕人遇到那名替他報案的熱心人。她是一名妙齡少女。女孩五官端正，頭上還綁有一束清爽的馬尾辮子，加上親切溫柔的笑容，彷彿是全球暖化的元兇，那一瞬間年輕人知道自己對女孩一見鍾情。

年輕人偶然發現女孩原來也是橫洲附近的居民，往後有段時間，他對少女著迷得不能自拔，甚至瘋狂得去跟蹤人家——跟蹤她去書店；跟蹤她去圖書館；跟她去餵流浪貓狗；甚至跟她去流浮山一起清理垃圾。

有次年輕人一時衝動，穿起幾乎一年也穿不上一次的西裝，拿著自己精心栽種的花束前去向女孩子表白。

他登上小巴後，無意間聽到後方一對情侶的竊竊私語：

「喂，你看看，那個人的頭顱長得如冬瓜般的呢！」

「哇！真的呢！我給他三個『爆趣』，嘻嘻嘻！」

「咻……小聲點，他會聽到的！啊，他還拿著一束花哦，難道是去送給女朋友？」

「噢！那麼真的替那個女孩子可憐，也替這束花可憐！她們都是無辜的！」

「討厭鬼！人家也是有父母生的！」

「嗯，那麼真的想看看他的父母是長得甚麼樣……」

　　年輕人已聽不下去，在半路中途下車，打消念頭。他望向身旁櫥窗倒映出來的容貌，的確令人不堪入目。他頭顱形狀與生俱來就長得十分奇特，長得異常地長。拜這個特殊的特徵所賜，在學校中他有不少花名，如：壽星公、大番薯、獎門人等等。理所當然，幾乎沒有女孩子會主動去接近他，異性緣近乎零。

　　年輕人對櫥窗中的影子說：「又怎麼有女孩會喜歡你呢？」然後垂頭喪氣地回家。但他仍不能接受這個殘

酷的現實，依舊活在自己的幻想世界中。就這樣，患上嚴重單思病的他每日都如活於地獄之中，寢食難安，甚至被父母訓話責怪他無心幫忙打理花店業務。

這樣下去不是辦法，最後他鼓起了勇氣，在二月十四日拿一束混合粉紅色及白色風信子的花束去送給女孩。粉色風信子象徵著深深傾慕之意，而白色風信子則象徵不敢表露的愛。他希望藉此向女孩表達自己的感受。

「我很醜但我很溫柔，她一定會被我的誠意打動的！」

年輕人在馬尾女孩經常流連的那家書店門外苦候接近三個小時，期間受盡路人奇異的目光。皇天不負有心人，那女孩苗條的身影終浮現在不遠處，她白皙的肌膚搭上標緻的打扮，有如一個真人大小的洋娃娃。然而他正想走過去的時候，晴天霹靂，突然有一位俊朗的男子捷足先登走至女孩身後，從後緊緊擁抱著她。女孩先是吃了一驚，擰過頭後，就顯露出甜美的笑容，然後兩人的嘴唇便緊貼起來……

年輕人呆望著，作不出一絲的反應，直至接吻中的兩人察覺到他所發出的灼熱視線。

「啊，斌仔真巧！很久沒見！向你介紹，這是我的男朋友木耀。」

「Hi斌仔，感謝你之前陪Jessica上山去清理垃圾及餵流浪貓狗，我一直都擔心她這個獨來獨往的怪女孩到處跑會遇上危險。」

「啊……是……不用謝……」年輕人用盡丹田之氣方勉強吐出簡短的回應。

「哼！還不是你寧願留在家中上網看漫畫也不陪我！你要學學人家啦！」

「瞧，她真是個纏人的女孩，有如一尾八爪魚般煩人！對了，你手上的花束很漂亮哦，凡女孩子收到一定會很窩心。」

「啊……是……很窩心……」

「我也想收這麼漂亮的花束……真羨慕你的女朋友啊！唉，偏偏我家的木耀從來沒有這個心思！好了，我們先走啦。遲些日子一起再去餵流浪貓狗吧！情人節快樂！再見！」

「喔……好……再見……」年輕人目送那兩人甜蜜

地十指緊扣，步入教堂……不，是書店。

美好的幻想瞬間被無情地戳破，對於終日活在自己世界中的人來說，這就等同世界末日。年輕人回過神來的時候，發現自己已哭不成聲，危站於高樓的樓頂邊緣。

一朵朵風信子隨著晚風飄散於夜空中，一個人影亦跟隨著風信子飛縱而去。

若干秒後，人頭著地。沒錯，那名為情輕生的年輕人就是「斌仔」。

斌仔的家人傷心欲絕，其後在其跳樓的現場找到記載他以上經歷的日記，及一封遺書，當中有他的遺願……

「……對不起，這是我最後的心願：請將我葬在流浮山吧，那裡有我與 Jessica 短暫卻快樂的回憶。」

最後他家人將他安葬在流浮山一帶的山墳，可是斌仔入土不久後，村中就有個都市傳聞：有一個怪異的男子手持著一束花跟蹤夜歸的女子。而更離奇的是，斌仔的家人掃墓時發現他的墳墓旁盛開著為數不少的風信子，墳墓則有被挖掘的痕跡，開棺一看，斌仔的屍體只有輕微腐爛，明明已下葬一年有多！而且，屍身上更長

出了一塊塊奇怪的白色塊狀物體。

　　由於斌仔是自殺而亡，他的家人看到此等異狀深感不安，深怕他是死不瞑目。機緣巧合下楊福接受他們所託，代為調查成因。

　　「……之後我發現那一帶的土壤已被『邪氣』所污染，大概曾有人在那裡施行過某種逆天之法，令葬於那裡的屍體都長出白色塊狀物，有屍變的風險。而明顯的，斌仔已出現屍變的徵兆，於是斌仔家人聽取了我的建議，就委託敝清潔公司將其遺體在完全屍變前運去火化。這就是事情的始末。」

　　芷澄聽得入迷，不知不覺間半小時已過去。她不禁嘆息：「『斌仔』真傻，A0（未談過戀愛）的人往往會過於美化愛情……」

　　「只能說這種執念往往是人不幸的來源。」楊福亦感慨嘆氣道。

　　「啊，那麼即是說屍變了的『斌仔』是為了實現它生前的執念而在運送途中逃脫……對嗎？」

　　楊福點頭稱是：「是的，所以小姐……不，同學你最好早點回家吧。看妳眉清目秀，又紮著一束馬尾，說不定

會成為『斌仔』的襲擊對象哦，所以我不以『小姐』這個稱謂來稱呼妳。另外這裡烏煙瘴氣，妳要小心被一些不存在於世上的事物引誘你去不應該去的地方……」然後，他就緩緩地走回車上，靜候著下屬們的消息。

．．．．．．．．．．．．．

　　回想起剛才的事，芷澄一方面感到毛骨悚然，另一方面卻又為斌仔難過。一個這麼善良的人，竟然為情白白斷送了自己的性命。這個時候，她突然聞到了一陣似曾相識的花香，花香味刺激起她的神經。

　　「對了！剛才楊先生說『斌仔』會拿著一束花來跟蹤夜歸的少女。遇到楊先生之前，我被一個黑影撞到，現在又聞到那股花香，附近明明沒有任何花朵，難道……不會那麼邪門吧？」芷澄心悸起來，放慢腳步回頭四處張望。幸虧四周並沒有甚麼讓人生疑的不尋常事物，她才可鬆一口氣。

　　這時，她低頭一看，發現右腳鞋帶鬆掉，便蹲下身子綁鞋帶。於繩結剛綁好的那一刻，她整個人僵硬起來，呼吸停頓了數秒，然後急促地喘氣……她看到投影在地上影子除了自己本人之外，她的身後還有一個怪異的影子。而那影子一看就知道不是屬於尋常人的，因為它的四肢呈扭曲狀，有如一個全身骨折的人。而更為駭人的是影子的頭

顧部分拉得很長，呈倒立的「L」字形，猶如被強行屈曲過般⋯⋯

「難、難道是那『斌仔』？拜託！我不是你要找的那個 Jessica ！」血液逆流至腦袋，怔忡得頭昏腦脹的芷澄使不出勁逃跑，她更沒有膽量回頭確認是否就是那個「斌仔」，所以她仍然保持單膝跪地綁鞋帶的姿勢。

那個影子開始活動起來，它舉起右手，芷澄看到一個如花束形狀的倒影，幾片花瓣隨晚風散落至地上，夾雜著腐敗氣息的花香味漸濃。恐怕現在不逃走的話，她永遠也沒有機會逃走。

「嗚啊啊啊！不要啊！！」芷澄尖叫一聲，雙腿終於受控，瞬即拔足狂奔，見路就走。

有時候就算不回頭，也知道在自己身後方的會是甚麼的東西。芷澄知自己背後的是一具足以令她心膽俱裂的事物，她唯一可以做的事就是拼命地跑！跑去有人的地方，尋求救助。然而無論她如何加速也好，路上也沒有半個人。另一方面，她垂下頭一瞄，那投射於地上的怪異影子亦仍然如影隨形地跟著她。

芷澄從來未試過這樣被男孩「追求」的滋味，就算之前遇到過的狂熱追求者也不會在晚上這樣對她窮追不捨。

她已哭出來了，當然這不是感動的淚水，而是源於恐懼的眼淚。

上天有好生之德，當芷澄跑至一條廢棄的天橋底時，從淚眼模糊的視野中，看到遠方叢林的入口處有一隻手伸出來，向她招手：「快進來……」

「終於遇到人啦！」芷澄不顧一切逃進那條小路，夾雜著花香的腐臭味就已消散。她不敢鬆懈，繼續急步前進，然而越行得深入，草木就長得越茂密。

於是她掏出手提電話打算致電給家人或剛才那個叫楊福的神祕人尋求協助，然而電話收不到任何訊號，令她求助無門。芷澄唯有硬著頭皮，開啓電話上的 LED 燈往前方探路，希望往前走會遇上剛才為她指路救她一命的恩人。

---

身後的喘咳聲已消失，邦泰並沒有帶備電話，唯有用鎖匙扣上的手電筒來照亮前路，猶有餘悸地穿過漆黑一片的叢林。走畢那道溪徑小道，雖然被夜霧阻擋了不少視距，但他仍能看到前方是一片寬敞的平地。平地上有用石磚鋪成的行人路，路上相隔一定距離就有發出橙紅色燈光的街燈聳立著。除此之外甚麼也沒有，這裡似乎是一個興

建中的公園。

　　邦泰的有效視距不足十米，看不到剛才那個呼喚他進來避難的救命恩人。這時一放鬆下來，疲勞感即時向他襲來。雙腿的肌肉無時無刻地在抽筋，肺部似被烈焰燒灼過般刺痛，腦部因過量耗氧而產生噁心感，令他天旋地轉。

　　「看、看樣子……總、總算安全啦！」他無力地大字形躺在草地上，大口大口地喘氣。腦袋放空，現在首要之務是好好恢復體力。突然，他聽到草叢中有急促的腳步聲傳來……

　　「難道剛才那玩意仍在追趕我？」他不安地站起身，但恐怕已沒有逃跑的力氣。他看到有刺眼的光線由林中射出，光線的源頭就與他撞個正著……

　　邦泰被對方撞翻倒在地上，緊閉著眼尖叫道：「不、不要過來！妳這可怕的口罩馬尾女！」

　　「求、求斌仔你放過我！人、人家不是 Jessica 啊！」然而，對方亦被撞倒在地上，以雙手掩面驚呼。

　　之後兩人靜默下來，關疑地張開眼，方發現眼前的不是鬼魅，而是活人，更是有點面善的人。那人，正是逃進公園內的芷澄。

「我好像曾經遇見過妳，在葵涌運動場……妳是個經常跑到中途就突然停下來紮馬尾的那個港女。」

「我也好像對你有點印象，你是那個經常穿上理工大學Ｔ恤，對跑得慢的人擺出一副難看嘴臉的那個港男。」

兩人面面相覷呆望了對方數秒，竟嘻嘻哈哈地笑起來。巧合地，原來他們兩人早已在葵涌運動場「碰過面」。

───────────────────

邦泰與芷澄坐在歪斜的電燈柱下，面色蒼白地各自述說出逃進這個公園的因由。

「我剛才被厲鬼追趕，幾乎走投無路之際，幸好遇上你招手呼喚我來進來躲避。雖然你給我印象很差，但這次要多謝你的救命之恩！」芷澄一邊以手撫弄自己的頭髮，一邊靦腆地道。

「那個人不是我哦！真是巧合得出奇，我剛才與你一樣也是被厲鬼追趕，然後有人呼喚我走進那條小路，而且他的聲音極為沉厚，有點似個大叔的聲線」邦泰一臉疑惑地搖頭否認。

「剛才在慌亂之中人家聽得不太清楚，這麼說我們都

可能是被同一個大叔所救？」

「但現在根本找不到那個大叔……啊，先不談他，我很想弄清這裡是甚麼地方，剛才我在外頭跑步的時候只看到這裡似是一個樹林，想不到到森林中竟然有這麼一片平地，而且這裡的霧很大，根本看不到附近的建築物。可恨我沒有帶備電話在身，不然一早已用 Google Map 查個究竟！」

「就算有電話也沒有用！在這裡根本收不到任何訊號！」芷澄自信地亮出手提電話，果然螢幕上顯示出「沒有訊號」等字句，更連「只限緊急通話」的字樣也沒有。

她又繼續憶述：「剛才我迷路的時候，從 Google Map 上看到附近一個很大的公園，甚麼名字來著呢……啊，對了！是叫『葵涌公園』。」

「我也有去過葵涌公園，但它不是在另一個方向嗎？而且這裡的景色與那裡完全不一樣……」邦泰單手托腮地思考。

「不清楚哩，或者這裡是興建中的葵涌公園二期之類吧……」芷澄聳聳肩，馬尾辮子也跟隨動作而搖晃。

由於現在兩人與外界隔絕，加上身處不明的公園之

中，不安的氣氛仍然瀰漫著。但另一方面卻覺得自己十分幸運，因為至少已成功逃離鬼魅的追捕，而且有個名副其實的「同路人」伴在左右。徹底冷靜下來後，他們得出了一個結論：「無論如何，先回去熟悉的地方才是上策。」

邦泰、芷澄當然不敢往原路返回，憂慮剛才的詭異玩意是否仍在林中等候他們。於是乎他們希望可以繞過樹林，找到這個公園的出口。二人步履蹣跚地在石磚路並排而行，那些立在路旁東歪西倒的電燈柱，如一株株插在地上的巨型珍寶珠，它們似乎感應到二人步近，竟突然加強亮度，發出忽明忽暗的燈光，連濃霧也被渲染成橙黃色。夜霧並沒有減退，能見度依然只得十米左右，所以如果不沿著石磚路而行，一旦走至忽高忽低缺乏燈光的草地，絕對會迷失方向。

他們走到了一個分岔路，邦泰看到一條倒於地上的電燈柱旁有一塊滿佈鐵鏽的路牌，便拾起它來研究。「葵涌公園」這四個字大剌剌地於印於路牌的正中。

「你看這裡果然是葵涌公園！」芷澄雀躍地指著路牌，似乎想證明她剛才的推測是正確的。

這時邦泰觸碰到路牌的背面，有另一種觸感，反過來一看──「奉政府籲：除指定人士外，嚴禁進入。」

「這是政府的警告？難道這裡是禁止進入的地方？」芷澄的語氣發生180度的轉變。

「或者這個公園因某些原因被政府荒廢。妳看這裡的路牌及街燈都充滿鐵鏽，油漆已剝落大半，而枯黃的雜草都從石磚路的夾縫中探頭而出。」

「嗚啊！不要説了……人家的情緒很不容易才平復到，現在被你這麼一説，寒意又湧出來啦！」

莫説是芷澄，就連邦泰本人也感受到一股不尋常。試問在地租昂貴的市區中又怎會無緣無故有一個森林呢？森林中又怎會有一個公園呢？而霧氣又何甚麼會這麼大呢？不安感與疑惑成正比的關係，在他們心中滋長。

「霧那麼濃……現在我們應該向左走還是向右走呢？」芷澄顯得毫無頭緒。

「就用這個路牌來做個記號吧！我們現在先向左走，將路牌放在這邊。如果此路不通的話我們就是折返，然後往右手邊行……」邦泰隨即顯示出可靠的一面，内心卻在嘲諷自己假如對決定發展前途亦能如此爽快地下決定就好了。

兩人向左方的分岔路前行。不經不覺間他們已行上十

分鐘，沿路上的景色並沒有多大的變化，都是以濃霧、石磚路、泛黃的草坪組成，令人質疑他們只是否在原地踏步。

「為甚麼這公園那麼大的……我的腳很痛啦，可不可以扶人家一把？」芷澄開始抱怨。這是由於她剛才不顧一切地逃跑，扯傷了左腿的肌肉，現在每走上一步都會感受到明顯的痛楚。

「不、不太方便……而且我的腳也受了傷，現在只是勉強支撐住……」

「哼，你真不夠風度！」芷澄別個頭，撅起嘴，然後看一看手錶。現在是晚上十一時五十八分。縱使景色沒有改變，但時間仍在確確實實地流逝著。她心想最壞的打算是在這裡待上一夜，等明早濃霧散開時離去。

邦泰試圖扯開話題來紓緩尷尬的氣氛：「這公園真的比我們想像中大……等等……我好像聽到有人聲……」忽爾，隱隱約約傳來一些屬於孩童的嬉笑聲。

嘻……嘻嘻……

「噫！我也聽到了！但為甚麼在這種時間、這種地方會有小朋友在玩耍？」

「不知道，一於過去看看吧⋯⋯」邦泰心中揚起了不祥的預感，但仍然要往前行，潛意識替他點唱起陳奕迅的名曲之一——《Shall We Talk》。

「明月光　為何又照地堂
　寧願在公園躲藏　不想喝湯⋯⋯」

他抬頭仰望，並沒有月光，儼然只有那或明或暗的珍寶珠街燈充當月亮的角色⋯⋯

走上了一段路，數個矮小的身影就出現在石磚路旁的草坪上。走近看真點，原來是四個小朋友圍在一起嬉戲，他們都垂下頭，逐個沿著地面上由格子組成的圖案跳動，對此單調的遊戲樂此不疲。

芷澄、邦泰卻不敢走近他們，先站在原地靜觀其變。雖然這個畫面對邦泰來說有點兒面善，但他一時想不起，並耳語：「他們⋯⋯在幹甚麼？」

「他們在跳動⋯⋯對了！這個遊戲叫『跳飛機』！算是一個很古老的遊戲。」他恍然大悟。

「原來這叫作跳飛機⋯⋯我只是電視節目中看過，卻從未玩過這個遊戲⋯⋯」

　　這時遊戲中其中一名小孩不慎跌倒在地上，其餘小孩卻歡呼起來：

　　「哦！嘻嘻……你輸了……你輸了……」

　　「輸了輸了輸了嘻嘻……」

　　「嘻嘻……懲罰懲罰懲罰……」

　　那三名小孩一邊歡呼，一邊上前圍住倒在地上的小孩，然後一起使勁地拉扯他的四肢及軀體。拉扯的力度似乎大得可怕，如是者地上的小孩就被活生生撕成碎塊，四分五裂，血肉模糊。在一旁觀看的芷澄與邦泰當然看得觸目驚心，二人都覺得自己的體溫迅即急降了五度。

　　「媽啊！！果、果然這鬼地方的都是超自然事物！」

　　「我們快逃、快折返！他們還沒有發現我們！」

　　正想拔足而逃之際，有一個球狀的物體在滾過來。那是足球？看真一點，遺憾地，那是一個人頭才對。一個面目猙獰的人頭滾至二人前方，劃出一道駭人的血痕，三個矮小的身影跟著血路跑過來。它們問道：

　　「哥哥、姐姐，可不可以將誠仔的皮球還給我們啊？」看來邦泰、芷澄已遲一步，錯過逃走的先機！那些小孩的頭都垂下來，有如缺少了頸椎骨，在胸前搖搖欲墜！

跑步沉

　　敵不動我不動，芷澄與邦泰被那三名「小孩」包圍，無從脫身。小孩們開始步步進逼，每逼近他們一寸，他們的恐慌就會上升一級。然而，很多時勇氣都是被「逼」出來的。

　　「那麼……去吧！！」邦泰彷彿花上畢生的勇氣，一腳抽向地上的「皮球」。「皮球」即應力滾向遠處，逐漸消失於濃霧之中。

　　「嘻嘻嘻嘻嘻嘻嘻嘻……」小孩們跟隨著皮球留下的血路，不久已逐一跳進濃霧之中消聲匿跡。

　　「呼……看不出你還蠻行的嘛！」芷澄鬆了一口氣，一邊抹額角上的冷汗，一邊將另一隻手拍向邦泰的肩膊。

　　「妳、妳在做甚麼！？遇到這種情況你還拍我的膊頭？我外婆說過人有三把火，其中兩把在膊頭！一旦被人拍就會熄滅！」邦泰大為緊張，掃開她的手。

　　「那也沒有甚麼關係，反正我們已經遇上一連串這麼詭異的事件……」他已分不清芷澄是否已自暴自棄。

　　他們的心中都多了一股拭不掉的詭異感。因為知道情況不但沒有轉好，反而被困在這個充滿未知事物的公園內。他們繼續往前行至路的盡頭時，發現那裡並沒有出

口，而是陰森無比的森林，唯一的選擇就是折返。好不容易地，他們終於回到當初的分岔路口上。邦泰被身後的尖叫聲嚇了一跳，原來又是芷澄做的好事！

「喂！你看我的錶！在午夜十二時正就沒有再跳動過！」

「會否只是你的錶故障而已？」邦泰就掏出 MP3 機來查看時間。

「為甚麼……我的 MP3 機也停在十二時正啊！！」

「我想，我們是否已經無意中進入了一個類似『百慕達三角』的神秘的空間呢？難怪這裡收不到任何訊號，並出現政府的警告牌！」這下輪到芷澄單手托腮。

「小姐妳不要危言聳聽……」

「絕對沒有！我老哥在美國留學的時候，曾經接觸過研究相關事件的專家。他從專家口中得知類似『百慕達三角』的謎樣空間其實是遍佈世界各地，它們是相連的……」

邦泰對芷澄的推測半信半疑，但無論如何也好只有行動才可證明一切。

　　二人又走上十數分鐘，他們的雙腿已快到達極限，仍不敢停下腳步來歇息。不久，怪異的景象又出現於他們的眼前。他們看到路旁有數張長椅，每張長椅上都坐著一男一女，如果説這裡像個拍拖勝地也不為過……只是他們都垂下頭一動也不動，不禁令人聯想起剛才那些小孩。

　　「又、又出現了！！」

　　「不用慌！即時逃走的話，現在仍未遲……」

　　「……快坐下……坐下……」聽到這句的時候，證明邦泰又遲了……

　　這句聲音是來自邦泰旁邊的長椅，椅上並排地坐著一名身穿馬褂、頭髮斑白的老伯及一名老婦。兩位都垂下頭，雖看不見他們的容顏，但仍可見老伯指向另一端無人的長椅，示意邦泰兩人坐至旁邊的空長椅上。

　　「打死我也不會坐，一旦坐下，絕對會加入他們之列，永遠坐在這裡！」邦泰正想拉住芷澄的手臂逃跑之際，卻被她先一步抓住自己的手臂。

　　「喂，你聽到嗎？前方有古怪的聲音傳出……」芷澄情慌張地道。

「迴⋯避⋯⋯ 的的的⋯打打打打⋯打的的打⋯打打⋯的⋯⋯生⋯人⋯迴⋯避⋯⋯」前方的濃霧中傳出嗩吶聲及眾多的腳步聲,一個又一個以黑布遮臉,身穿白布衣、白布褲、黑布鞋的轎夫已於霧中現身,膊上都扛著竹桿⋯⋯

芷澄似乎意會到那老伯用意,拉扯著邦泰走至無人的長椅坐下,同時按下他的頭,強迫他垂下頭。

「不要拍我的頭啊!第二團火⋯⋯」
「唦唦唦⋯⋯」

「的打打的的⋯⋯的打打的的打⋯⋯」嗩吶聲越發越響亮,夾雜著悽厲悲鳴聲及雜亂腳步聲也越來越近。幾分鐘過去,這些教人聞而生畏的聲浪依然持續著,衝擊著邦泰二人的心理防線,並不敢吭聲半響或作出任何打破現狀的舉止。就算不用看也可猜出,正在路上行走的是一條極長的隊伍,大概有幾列地鐵列車的長度⋯⋯

隊伍⋯⋯又是要前往何方呢?

邦泰感到右手發麻,這是因為右手被身旁的芷澄死死捏住,可想而之她有多恐慌了。縱使難受,他卻沒有移開手,因為這是代表他們之間的連繫。憑這個連繫,方可證明自己並不是獨個兒身處在這種異境之中。恐懼既可傳染

也可分享，當自己的恐懼能與人分享，它的威力大概可半減。

「流水很清楚　惜花這個責任……」

邦泰的心中隱隱奏起陳奕迅《落花流水》的旋律。

---

不知過了多久，一切的怪異聲音漸漸遠離，最後一切又回歸寂靜。邦泰率先抬起頭四處張望。他發現不單只路上的人龍消失，就連四周的長椅及椅上的「人」都已憑空消失，包括剛才那對老人。

「喂，現在沒事了，妳可以起來啦。」邦泰稍為震動自己的右肩。

「啊！甚麼？哦！太好啦！！」芷澄如夢初醒。原來她在不知不覺間倚在邦泰的肩上昏睡過去，現在慌張地擦拭嘴角上的口水並站起身。

「妳真的很厲害，在這種情況下仍然能睡著！」邦泰一邊揶揄她，一邊瞄向右肩，發現T恤已被口水濡染一大片，隱約傳來的臭味令他覺得噁心不已。

「甚麼嘛，真小家子！男生的肩膊，不正是，為女生而存在的嗎？」

「嗯，小姐，我想，妳應該，看太多，某些，言情小說了……」

「你的說話方式為何突然變了？哦，明白啦，哈哈！是『鄺団』的小說嗎？他寫的東西很好看哦！他真的很清楚我們女孩子的內心！」

「清楚到甚麼程度呢？」

「哼！至少比你還清楚的程度！」

「如果我清楚你們女孩子在想甚麼的話，早就不用淪落到被女鬼追的地步，更可以當個受萬千少女景仰的愛情小說家了吧！」

「就憑你？」

「就憑我！」

邦泰與芷澄的視線對上，雙方都忍俊不禁捧腹笑起來。

二人又開始起行，邊走邊閒話家常。雖然現在狀況仍未明朗，但不知為何他們內心的不安感卻沒有之前那麼強烈。

「所以你今晚出來跑步，同樣是為了備戰渣打馬拉松？」

「對啊，但參加比賽已是個泡影。一來我的腿已經拉傷，二來我們能否平安無事逃出這個困境仍是個謎……」

「喂啊，男人之家為甚麼那麼悲觀？」

「不悲觀的話將來就無法適應這個現實的社會。」

「人家倒認為隨遇而安、樂觀一點的心態比較重要。例如讀不了大學，可以讀 IVE、可以讀副學士、可以出來工作。表白被這個男孩拒絕，可以找另一個更好的男孩；沒有人可表白，也可以做單身貴族，自由自在地生活。」

「有時單純未嘗不是件好事，香港若多一點妳這麼樂觀的人就好……」邦泰垂下頭感慨地微笑。

忽爾在他往前踏出一步的時候，感覺到右手又被芷澄用力拉扯起來。他將視線掃向身旁的她，她的表情已面無血色，用震抖不已的手指向前方，似乎已看到令她樂觀不

起的事物……

邦泰二人前方約十米的道路上，有兩個不尋常的人影並排而近。人影愈是接近，輪廓就愈是清晰。要來的終究會來……

右邊的「人」左手握著一束化，泛黃的白色連身裙在霧中飄揚。它已脫去口罩，那鵝蛋形的臉龐上並沒有標緻的五官，只有一個由額角伸延至下巴的大口，長滿參差不齊的黑色大牙齒。

左邊的「人」右手撐著一把破傘子，穿著一件西裝，但卻穿得不太合身，它的四肢及軀幹早已呈扭曲狀。看不出它的容顏，因為皮肉早已腐爛不堪。不得不提的是他的額頭有常人兩、三倍的長度，卻已彎曲成倒立的「L」字形。

這兩頭人型異物同在一把傘下手拖手十指緊扣，漫步於石磚行人路上，步向禍不單行的邦泰及芷澄兩人。

「嗚啊啊啊！是馬尾女鬼啊！」
「嘎啊啊啊啊！是斌仔啊！！」

邦泰兩人已顧不了身上的痠痛，一同拼命地逃跑。他們有默契不走回頭路，因為回頭路上極有可能會碰到剛才

的「遊行隊伍」。唯有開啓各自的照明裝置，往身旁的草地狂奔，然而這兩位田徑選手都無法擺脫身後方的咳嗽聲及花香味。

「嚇嚇……呼嚇……前……那邊有光……！」邦泰竭力地呼出這句，就拉著芷澄奔向兩點鐘方向的光源處，盼望那就是尋找已久的公園出口。

幾經艱辛，他們終於抵達。燈光是從密林中發出，林中有一個尋常的地鐵站入口──「葵涌站 A1」

葵涌站入口的鐵閘半捲，內裡燈火通明，這是有人的跡象。受驚過度的兩人沒有選擇的餘地，即時逃進地鐵站內並拉下鐵閘。

「嗚……人家已支持不住，人家要返家……要到甚麼時候才可以回家……」芷澄坐在地上喘息，分不出她在擦拭的到底是流入眼內的汗水還是淚水。

「呼……哈、哈……不知道……」邦泰更是累得整個人大字形躺在地上，但他也不忘在褲袋中掏出一包紙巾，拋給芷澄。

「不要！很噁心呀，紙巾都被你的汗水沾得濕透了……」

「那麼當作是濕紙巾就行……妳不是說樂觀一點好嗎？」

芷澄率先勉強爬起身，道：「這裡是地鐵站，即是說這裡與其他地鐵站是相連的！我們可以從這裡逃出這公園！」之後就攙扶著樓梯上的扶手往下走。

「喂！不要心急……憑我們現在這種疲累的身心，若果再遇上甚麼詭異事物的話就再也逃不掉的！先旨聲明我已沒有餘力去救妳……」

「反正你從來沒有救過我。」芷澄默默地往下走，沒有再理會邦泰。

邦泰亦唯有勉強撐起自己的身子，跟隨眼前的馬尾女孩前進。但心中的懸疑感就如麵包的發酵一樣不斷在膨脹。

（在葵涌公園之中建有葵涌地鐵站並不是一件稀奇的事，但從來沒有聽聞過有關興建葵涌地鐵站及葵涌公園的新聞，而又為何這個地鐵站仍在開放中呢？前方到底又會有甚麼的東西呢？先前看到那塊『奉政府籲：除指定人士外，嚴禁進入。』的警告牌，想必是有某些原因令到地鐵站與公園一同被中止興建，禁止進入。難道真的是因為鬧鬼的原因嗎？）

不久他們就抵達地鐵站的大堂。

「喂！有沒有人啊？」芷澄聲嘶力竭地叫喊，回應她的只有回音。兩人在大堂內四處張望，發現這裡和一般地鐵站相差無幾，卻找不到其他的出口，似乎這個地鐵站只興建好一部分。

「不如我們入閘內看看……」芷澄跨入閘內。

「等等！旁邊好像有些甚麼！」邦泰指向入閘機旁邊的一塊告示牌。

政府重地閒人免進──1992 年 4 月 15 日。

「恐怕這地鐵站並不會是逃出去的活路啊！」邦泰雙手抱頭，心中傳來絕望的不安感。

「但無論如何我們也得向前走，剛才的鬼魅大家已有目共睹……」芷澄沒有將頭擰過來，只有一直注視著前方。她是這麼一個無畏無懼的女孩子嗎？不，她的聲線已略為顫抖。

如是者他們乘搭起扶手電梯，往月台進發。扶手電梯將兩人運送至空無一人的月台。如果說他們身處的地下空間是月台的話就不太準確，與其說這裡是一個地鐵月台，

倒不如説這是一個由月台改建成的紀念堂。一個又一個的紀念碑在聳立著，而每塊紀念碑都不盡相同，各被刻上一連串的數目字。例如：「T1979 333」、「T1979 412」、「T1979 365」……

「這些是甚麼跟甚麼？難道用來紀念著甚麼？」邦泰撫摸其中一塊石碑，石碑傳來冰冷的觸感。

「不要理會那麼多……我們下去路軌看看。你……你在哭泣嗎？」芷澄回頭望向邦泰，發現他竟然淚流滿面。

「吓？我在哭？為甚麼我突然會哭起來？為甚麼我突然會覺得那麼哀傷？為甚麼我一觸碰到這塊石碑，悲傷感就不禁由心中湧出來？」但是哭泣的原因連邦泰本人也不知道。

「我們快走吧……我擔心『斌仔』它們會追上來……」縱使如此，芷澄仍強行拉扯著一臉茫然的邦泰走下路軌。

可惜事情並沒有想像中那麼美好，漆黑一片的地鐵隧道中，前方是一條掘頭路。當他們返回月台打算查看其餘的隧道時，耳熟能詳的嗩吶聲隨即奏起，在這地下空間迴盪不已。

「迴…避……吖吖吖…打打打打…打吖吖打…打打…吖……生…人…迴…避……」沉重的呻吟聲、悽厲的悲鳴聲及雜亂的腳步聲亦越來越接近……

二人都覺得自己的體溫迅即急降了十度。

終於，無數個穿白布衣的轎夫由隧道口走出，沒有濃霧的阻隔，這次看得十分清楚——轎夫膊上都扛著竹桿，竹桿吊著一口朱色的棺木，棺木長得不見尾，有如地鐵車廂，形成一條極長的隊伍……邦泰恍然大悟，原來剛才那支隊伍就是以這裡為起點的，事到如今一切已太遲。

同時一股青色的瘴氣隨隊伍由隧道湧出，濃烈的臭蛋味就充斥著整個月台。邦泰認得這股臭味，這是他在大學實驗室聞過的氣味：「糟了！是沼氣！！」

這回真的不行了，芷澄已崩潰起來雙手掩面伏在地上痛哭。她已絕望得完全放棄逃跑，因為她腿部的肌肉嚴重拉傷，根本跑不動。邦泰本想跟她一起伏地上坐以待斃，然而，他看到了棺材蓋被移出一條縫隙，一雙雙清灰色的長爪就棺木內伸出，如潮水般向他們的方向湧過來。

「Please mind the gap」這句地鐵月台上常聽到的警告廣播原來也包含著這個意思……

邦泰頭皮發麻，他再次凝視於身旁伏在地上的馬尾女孩，就想起剛才她一直陪伴自己的身影，她那故作堅強的笑臉，以及她那叫人啼笑皆非的港女語錄。沒錯，若然剛才沒有她伴隨左右的話，恐怕自己也不可能在這場詭異的馬拉松中支撐到這麼久！

「⋯⋯馬拉松？」他想起自己參加馬拉松的初衷：「⋯⋯希望透過馬拉松比賽來鍛鍊身體及意志，在過程中尋找到自己往後人生的意義。」

「在馬拉松比賽中尋找人生的意義。」
（廢話！跑個步可以尋找到甚麼意義！？）

「人生的意義。」
（放屁！人生跟本沒有甚麼意義！）

「那你想要甚麼？」
（我甚麼也不想要！只想活下去！憑自己的意志而活下去；不輸給現實而活下去！）

邦泰於心中高聲吶喊。

「對，只要活下去就一定會有甚麼好事發生。想，就去做吧。」

只要憑自己的意志活著，這樣就算是死掉也會無悔。他瞬間撥開一直籠罩在心中的迷霧。希望這次不會來得太遲吧。

「賭最後的一鋪吧！！」邦泰起跑之際，二話不說，即時背起芷澄。

「嗚嗚……放人家下來…很睏了…反正……我們已不能逃……出這……」

「妳不是個樂觀主義者來的嗎？若然前路不通，我們就走第二條路……還是閉起口好！這些是沼氣，會令我們窒息的！」

「…………」背上的芷澄已失去反應。

邦泰跑向扶手電梯，萬幸電梯現在仍在運作中，先乘梯而上。不過一走到電梯上，他就感到頭暈轉向，身體已無力為繼，終被沼氣燻倒於電梯上。當然下方的長爪並沒有放過機會，沿著電梯往上爬……電梯仍舊向上升，邦泰在失去意識前的一刻，看到電梯的終點處有兩個詭異的人影站立著、等待著。它們手牽手，同撐著一把傘，似乎在等待著那追捕已久的獵物們……

邦泰閉上眼的時候，感受到一雙冰冷僵硬的手狠狠地

抓著自己，身體在地上被拖行著⋯⋯

---

「難道我已經死掉？但鬼魂不是沒有腳的嗎？為何我仍感到雙腿很痠很痛⋯⋯」

迷迷糊糊之間，邦泰睜開雙眼，看到靛藍色的晚空中飄浮著染上橙紅色的浮雲。雲下方陰沉的路燈依然無心工作，在等待黎明來臨的一刻。四周的工廠大廈如一座座古老建築，茫然地聳立著，等待星期一的來臨。邦泰發現此時自己正躺在葵涌工業區的行人道上。

「啊！他醒過來了。」他身旁有一名留有冬菇髮型，戴圓形黑框眼鏡的古怪男子。男子見他甦醒過來，就往停泊在不遠處的一輛貨車揮手。

「這⋯⋯咳咳咳⋯⋯」邦泰半坐起身，欲向男子發問之時就即時咳嗽起來。他的喉嚨似被甚麼東西堵塞住，即時吐出口中之物，那是一片片呈羽狀分裂的淺綠色葉子。

「哎呀！你真浪費，這些特效祛邪艾草很貴的啊！」男子向邦泰抱怨起來。

「和我一起的那個馬尾女孩呢？她人在何方？」邦泰

大為緊張地向男子發問。

「就在你的身後……」

邦泰驀然回首，發現芷澄就躺在他身後的燈火闌珊處，一名性感女郎似乎在照料她。

「嗯哼…弟弟不用擔心，她只是疲勞過度而已……」性感女郎一邊回答，一邊溫柔地將艾草塞到芷澄的口中，邦泰突然羨慕起芷澄。

此時，一名穿著西裝的中年男就由貨車走過來，笑瞇瞇地望著邦泰。

「剛才是你們救出我們的嗎？」

「恐怕不太正確，我們只是看到你們躺在路邊而已。」

「那麼到底是甚麼一回事？」

「朋友，在下想聽聽你們剛才的經歷……」西裝男奉上名片，豔紅色的名片鍍有「楊福記清潔服務有限公司」及「業務總監　楊福」等白色字樣的字句。

　　然後邦泰就將這夜遇到的所有詭異經歷向楊福和盤托出，途中芷澄亦已清醒過來。維維與 Victoria 卻表示對事情沒有興趣，不約而同地走至貨車旁邊，各玩各的手機。

　　「原來事情是這樣的……我大概明白。原來那個『葵涌公園傳聞』是真有其事……」楊福收起笑容，睜起眼沉思。

　　「『葵涌公園傳聞』？到底是甚麼傳聞？」

　　「那兩頭鬼怪呢？我失去意識之前的一刻明明已被它們逮到……」

　　芷澄及邦泰如心急如焚的記者，迫不及待地向楊福發問。

　　「不用心急，我逐個問題回答你們吧。首先是有關『葵涌公園傳聞』，那是在葵涌火葬場工作上四十餘載的吳老先生告訴我的……

　　眾所周知葵涌公園前身是一個填海區及垃圾堆填區。於上世紀 70 年代，政府本來打算在這裡成立一個類似於沙嶺墳場的公立墓園——葵涌公墓。而葵涌公墓內的墓碑並沒有死者的名字，只會刻有其死亡年份及號碼，例如你們看到的：

T1979 333
T1979 412
T1979 365

這一點與沙嶺公墓相同。

但葵涌公墓有點特別，它負責專門埋葬一些無法辨別身分的偷渡者及難民的遺體，所以沒有公開有關消息予大眾。

不過這個計劃暗地裡實行不久後，政府突然將計劃篡改，打算將該處改建成葵涌公園。而原本埋在這裡的屍骨及墓碑就索性直接埋沒於地下深處。

然後到了90年代初葵涌公園接近落成，地鐵公司為配合政府的發展要求，計劃在這裡興建一個地鐵站。它原名為『貨港站』，正式名稱為『葵涌站』。然而冥冥中因果循環，他們挖隧道的時候，竟挖出公墓的那些死者遺骸及墓碑。初時他們打算不予理會的，但當工程進行至一半的時候，大量青色的沼氣就由地下滲出。正確點來說，那是『邪氣』的一種……相信你們剛才已經心領神會。

最終政府以沼氣問題為由決定永久關閉這個公園，這是官方的答案，現在這個公園已經是個屬於陰靈的遊樂場了……大多數行家都不願意在晚上接近這個公園。所以你

們説看到有人揮手招你們進去，我猜是有陰靈引誘你們進公園『參觀』……」

「我終於明白為何剛才我觸碰到那塊墓碑的時候，為何會突然間覺得哀傷並流下眼淚。那些死者……説不定是想有人能記起它們；能去看它們一眼……它們大概不想就這樣被人永遠遺忘吧。」邦泰感觸地自言自語。

「真的是難以想像一個荒廢的公園背後竟然埋藏著這樣的故事……那麼『斌仔』和那頭馬尾女鬼呢！？它們是否仍在打我們主意？」芷澄仍猶有餘悸。

「不！相反，我想大概是斌仔它們將你們由險境中救出來。」楊福又瞇起眼微笑。

「沒可能的！」

「對啊！我們一直被它們窮追不捨！」

「邪法與執念令斌仔屍變，他就算死掉了也要找一個與夢中情人 Jessica 相似的女孩子。剛巧邦泰同學就為它帶來一條死於非命的馬尾辮子女冤靈。你們會合的時候，想必跟在後頭的那兩頭冤靈也不期而遇，進而一見如故吧。君不見之後女冤靈已接受了斌仔的花束，而他們亦手牽手浪漫地撐著一把傘子，同逛於煙雨茫茫的葵涌公園麼？它

們大概是想報答你們的撮合之恩,而進入地鐵站內將你們救出來。」楊福指向遺留在路旁的一束花。

「啊,我認得這種花!它是風鈴草,花語是『感謝』的意思!」芷澄掩著嘴巴驚訝地道。

───────────

最後楊福認為「斌仔」它們沒有害人的意圖,就不打算「棒打鴛鴦」。他吩咐維維與 Victoria 去張羅一些貓屍狗屍回來,當作是斌仔的屍體來火葬,掩人耳目。另一方面,已經脫險的芷澄及邦泰已抵達葵芳地鐵站月台。

「是時候道別了……剛才謝謝你救了我,揹起我逃跑……」

「不需要向我客氣,這只是人之常情,嘻……」

「咦!?但為何你現在的表情一臉回味的樣子?哦!明白了!一定是當時你的背脊觸碰到人家的胸部!」

「等等!這是誤會!你的那麼細小,我根本感覺不……」

「啪」的一聲,芷澄走上前賞一記耳光予邦泰。

　　「很痛呢！妳竟然這樣待妳的救命恩人！?」邦泰撫摸著發麻發痛的右臉頰。

　　芷澄轉過身，背向邦泰回答：「耶穌說：『有人摑你的右臉，就連左臉也轉過來讓他摑』。兩星期後的渣打馬拉松，你無論如何也要到場，屆時好讓我摑你的左臉！拜！」

　　芷澄頭也不回地步上前往荃灣的列車。邦泰對她後腦勺上柔順的馬尾辮子看得入神，它在輕輕左右晃動，有如被春風輕撫過的韆鞦，飄盪於初春的天空中。

詭異日常事件Ⅳ

訊號

　　玻璃製的茶几上，手提電話亮起藍色的訊息提示燈，陳木耀拿起它，以手指在屏幕上輕掃，屏幕就亮出一連串來自「又到聖誕之——平安夜約定你」WhatsApp 群組的訊息。

　　下午 10:17 燦森：「難得今晚這個群組人那麼齊，大家有否興趣用 WhatsApp 來玩『狼人遊戲』？」

　　下午 10:18 陳木耀：「反正正悶著，我加入。」

　　下午 10:18 泥草馬：「本帥有興趣！」

　　下午 10:18 敏宜：「是怎樣玩的？」

　　下午 10:19 Suki（錄音 00:07）：「好啊，我要不負『瑪嘉烈骨科狼人』之名，殺光你們～～」

　　下午 10:19 Derek：「護士小姐妳很嚇人喔！」

　　下午 10:19 Karl：「敏宜妹妹妳可以在 Google 上搜尋狼人遊戲的規則，就一清二楚了。」

　　下午 10:21 敏宜：「人家蠢，看不懂嘛，嘻嘻！」

　　下午 10:21 Derek：「敏宜妹妹蠢蠢的樣子也很可愛

哦！」

下午 10:23　Karl：「這遊戲很簡單：在所有人被殺光前投票找出誰是『狼人』，這就是遊戲的最終目標。而另一方面，當上『狼人』的那個人要好好隱藏自己身分，每晚殺一個人，直至只剩下一人為止⋯⋯」

下午 10:23　敏宜（錄音 00:04）：「哇！這很像金田一的漫畫故事嘛⋯⋯很可怕⋯⋯」

下午 10:23　Vivian：「就是因為這樣才緊張刺激！」

下午 10:23　Derek：「不如下次我載妳和敏宜妹妹去兜風吧！保證極度刺激！」

下午 10:23 敏宜（錄音 00:05）：「但人在明，狼人在暗，根本不可能知道誰是狼人。」

下午 10:24　Karl：「被殺害的人可以在新回合開始前說出自己的猜測，給予大家提示的。」

下午 10:25 燦森：「好啦，玩著玩著就會熟習的了！就由我來當主持人。五分鐘後請你們由數字一至十之中選一個號碼，然後再私下通知我，我會憑號碼抽出角色。」

訊號人

下午 10:33 燦森：「好，大家都已選好號碼了⋯⋯」

下午 10:33 陳木耀：「那麼開始吧！」

下午 10:33 榮少：「還在等甚麼？」

下午 10:34 燦森：「Sorry！一時大意，我將『人仔』也算進遊戲內⋯⋯而巧合地，狼人這個角色的號碼被分配到他頭上⋯⋯」

下午 10:34 Karl：「Hello，人仔在嗎？」

下午 10:34 Vivian：「老娘覺得人仔從來沒有看我們的留言，算罷，不要花心思在這個無聊人身上。」

下午 10:34 敏宜：「我自入組以來，根本未見過人仔留言呢⋯⋯」

下午 10:34 Suki（錄音 00:06）：「甚麼嘛！他根本是個空氣人！不要理會他了，快點快點，人家想做狼人喔⋯⋯」

這個時候，「人仔」──「吳」突然傳出錄音片段。

下午 10:35 吳（錄音 00:44）：「嘻嘻嘻嘻嘻嘻嘻嘻嘻

嘻嘻嘻嘻嘻嘻……」

下午 10:36 吳（錄音 00:24）：「嘻嘻嘻嘰嘻嘻嘻嘻……」

下午 10:37 Karl：「到底怎麼回事了！？」

下午 10:37 吳（錄音 00:05）：「噪嘻嘻嘻嘻來嘻……」

下午 10:38 敏宜：「媽啊！」

下午 10:39 吳（錄音 00:04）：「嘻嘻嘻嘻嘻嘻嘻嘻……」

下午 10:39 Suki（錄音 00:03）：「討厭啊！笑得人家心中發寒！踢他出群組吧！」

下午 10:40 吳（錄音 00:07）：「嗚嘻嘻嘻嘻玩嘻嘻嘻嘻嘻嘻……」

下午 10:41 Derek：「半夜三更播這些笑聲出來……是想嚇唬在座各位女士嗎！？」

下午 10:41 吳（錄音 00:09）：「嘻嘻嘻嘻嘻嘻嘻嘻嘻……」

下午 10:43 榮少：「他一定是故意搞亂的！一於踢他

出群組吧！有沒有人有異議？」

　　下午 10:44 旲（錄音 00:12）：「嘻嘻嘻嘻嘻嘻嘻嘻嘻⋯⋯」

　　下午 10:44 Derek：「沒有人有異議！」

　　下午 10:44 泥草馬：「相信沒有人會有異議！」

　　下午 10:44 旲（錄音 00:03）：「嘻嘻嘻嘻嘻吧⋯⋯」

　　下午 10:45 榮少移除了「旲（人仔）」。

　　下午 10:45 榮少：「好了！我們重新開始抽籤，正式開始狼人遊戲吧！」

　　陳木耀只聽了數秒怪叫聲就暫時放下手機。（真的奇奇怪怪⋯⋯他的叫聲真的令人反感⋯⋯）一副事不關己的心態，一邊繼續看手上的《海賊王》漫畫，一邊等待狼人遊戲的開始。

　　下午 10:58 燦森：「好了，第一晚——不幸地，第一名死者出現了！抱歉 Suki 女神，安息吧。」

　　下午 10:58 Suki（錄音 00:04）：「喂啊！是誰那麼討厭

啊！？一開始就殺死人家！」

下午 10:59 陳木耀（錄音 00:05）：「哈哈哈哈哈，真沒用！不過我一定會為 Baby 妳報仇的。」

下午 10:59 Suki（錄音 00:06）：「哼！笑得那麼開心！一定是陳木耀你這混蛋殺死我的！信不信我聖誕節不陪你去 AIA 嘉年華！？……啊！！」

下午 11:00 Suki 退出了。

下午 11:01 Vivian：「哈！陳木耀你慘了……Suki 看來是認真的！」

下午 11:01 Derek：「你們才不是上星期才開始正式交往嗎？這麼快就出現分手危機？」

下午 11:01 敏宜：「快點去道歉吧！」

下午 11:02 Karl：「各位！『人仔』的叫聲……我覺得有點問題！」

下午 11:02 泥草馬：「讓我這個情聖來幫你吧！」

下午 11:02 燦森：「『奇異博士 Karl』你又有甚麼偉

論要發表？我不想再聽甚麼外星人、古文明、異世界人之類的荒謬故事……」

　　下午 11:02 榮少：「說起來他笑聲很刺耳！令人頭昏……」

　　下午 11:04 燦森：「好啦好啦，繼續狼人遊戲！第二回合！」

　　Suki 的行為教陳木耀哭笑不得。他暫時離開狼人遊戲，以 WhatsApp 單獨與 Suki 對話：

　　下午 11:05 陳木耀：「Baby 妳怎麼突然退組啦？」

　　下午 11:15 陳木耀：「真的在生氣了嗎？」

　　下午 11:19 陳木耀：「我在遊戲中的身分是『醫生』……真的不是我殺妳的……不要生氣好嗎？」

　　Suki 的狀態一直顯示為「在線上」，卻也一直對陳木耀的訊息轟炸「已讀不回」。突然，Suki 開始「回應」陳木耀：

　　上午 12:00 Suki：「www. 陪我玩吧陪我玩吧陪我玩吧 .avi」

　　那是一段影片的超連結。陳木耀以迷惑的目光凝視著手機屏幕，繼而點開它。

　　打開影片，手機屏幕漆黑一片近十多秒，陳木耀試圖退出，卻沒有反應。他思疑手機是否感染上謠傳中的WhatsApp病毒時，屏幕終於亮起！畫面內呈現出一個尋常的住宅單位大廳，櫃子上都置有一堆可愛的布藝玩偶，牆上掛有一張洪卓立的海報，這應該是女孩子的家。櫃子旁有一扇玻璃窗，窗上畫有一個意義不明的圖案。如果硬要形容那圖案，它是一個近似於代表「Wi-Fi」的符號圖案。而窗外已夜幕低垂，可以看到遠處林立的商廈群及旺角朗豪坊，可推測出單位是位於旺角近彌敦道的一帶。

　　雖然畫面一直呈靜止狀態，如留心靜聽的話，有微弱的嬉笑聲及腳步聲傳出。聲音愈來愈清晰明顯，有一名背向鏡頭，身穿白色連身裙的女子如一頭扯線木偶般，以後退的走路方式，緩慢地由左至右步進入鏡頭之中。看不清楚她的側臉，因為她不停地在上下晃動頭顱，令半長不短的啡髮遮蔽了她的真面目。但憑著憑髮型、衣著及大至上的輪廓，陳木耀幾乎可以認定這名女子就是他的女友了。

　　（她為甚麼會要這樣做？難道是嗑過量「搖頭丸」嗎？又為何要傳這段影片給我看呢？）陳木耀的思緒被謎霧籠罩同時，片中人又下了一道謎題。

訊
號

　　Suki 突然慢慢地滑步至窗前，以向外彎曲的手指伸向鏡頭。然後鏡頭似被人拿起，同時 Suki 張大了口，而那笑得扭曲的面容漸漸接近鏡頭，畫面天旋地轉數下後就回到漆黑的狀態。除了鏡頭被她所吞下這個解釋之外，已沒更合理的原因來說明為何畫面呈漆黑狀了……

　　電話終於回到可操控狀態，顯示「WhatsApp 已沒法回應」，陳木耀就給強制退出 WhatsApp 程式。

　　（到底是怎麼一回事！？）他打算重看一次影片，看有沒有甚麼蛛絲馬跡，超連結卻已告失效。

　　陳木耀再度傳 WhatsApp 短訊給 Suki，結果依然一律被「在線上」的她「已讀不回」，連電話也被拒絕接聽。他的心中泛起一股不安感，便回到「又到聖誕之——平安夜約定你」WhatsApp 群組尋求組員幫助。可是大家都似在開玩笑，並沒有人認真回應他：有人說 Suki 喝醉了；有人說她是在進行神秘的宗教儀式；更有人認為她是中邪了。總之眾說紛紜，但他認為每個說法都站不住腳。

　　陳木耀認為網友的反應是理所當然的，畢竟這個WhatsApp 群組成立不足三個月，大家仍然是個比萍水相逢好點點的陌生人。

　　「Hold you in my arms

I just wanted to hold

You in my arms……」

電話鈴聲突然響起。

（難道是 Suki ？）陳木耀一看來電者號碼，失望不已，原來只是群組成員 Karl。

「Hi，陳木耀，你肯定你剛才説事是千真萬確？」Karl 的聲線中竟隱含一種雀躍的情緒。

「當然的！」

「好，那麼我相信你，真心地。」

「我知你又想説 Suki 是被外星人控制了之類的事……」

「這回你錯了……話説剛才的『狼人遊戲』中，我也遇到一些不尋常的事……想找你談談。」

「除了 Suki 突然退出群組外，還有甚麼不尋常的事？如有，為甚麼只找我一個談？」

「因為我認為在群組中只有我們陷入相似的處境，亦即是説只有你才會認真看待這件怪事。」

訊號

「那麼你遇上甚麼怪事？難道是⋯⋯」

「欸⋯⋯對不起，打斷你的說話。現在不太方便在『這裡』談。明天，我們明天約個時間出來談。」

「為甚麼不能在電話裡談？你明天不用上班嗎？而且我明天要去『歐陸嘉年華 2016』做兼職場務助理，要晚上才有空⋯⋯」

「原因到時才說。我勉強算是個資訊科技從業員，工作時間很有彈性，所以你明晚下班時通知我即可。」

（難道去過麻省理工唸書的人都是這樣奇特怪異的嗎？）

雖然陳木耀最後勉強答應了 Karl 的邀請，但他心中仍不太相信 Karl。因為他給予人的印象就如一個由科幻小說中跳出來的人一樣，說著一些令人抓不著頭腦的說話，難怪大家會認為他是個愛幻想的宅男，更戲稱他為「奇異博士」了。

已是深夜二時，仍然聯絡不上 Suki，陳木耀決定是時候去睡了。可是根本沒有絲毫的睡意，唯有找一點東西去分散自己的注意力。環顧偌大的家，不其然游思妄想，他開始自言自語起來。

「其實自己物質生活上並沒有任何不足，可能是物質生活過於富足，反而突顯了自己心靈上的空虛。當與 Jessica 分開，我才發現自己的內心已告殘缺，有一個如何也修補不了的空洞……我參加這個群組，認識到 Suki，就認為她可以成為 Jessica 的代替品，為我補上缺口。可惜這個希望這麼快就已如流星般瞬間消逝……不行，負面情緒總是於亍夜襲來！我明明不是一個感性的人！這一定是在與 Jessica 相處的六年間不知不覺間被她所感染了……」

「對啦！在半夜睡不著的時候，文學小說就可以一展它們的實用價值！」

於是陳木耀抽出床下底的儲物箱，打開箱就看到一系列的二十世紀世界文學作品。請不要誤會陳木耀是個熱愛文學的文學青年，這箱書是前女友 Jessica 在分手前一天贈給她的。

「知道嗎？我經常在想：妳喜歡《蒼蠅王》，我卻喜歡《海賊王》。妳喜歡遠足登高，我卻喜歡留守高登。我想這是我們命運的分水嶺之一。」陳木耀對著這箱書嗟嘆。

陳木耀認為自己反正看不夠十頁就會墜進夢鄉，所以是哪一本書根本沒關係。於是就閉上眼隨機抽出一本小說，睜開眼——是《鼠疫》，卡繆著。然後他躺在廳中的

沙發上，一邊以手機聽歌，一邊看書，一口氣就看上近二十頁。故事一開始描述一個城市內出現鼠疫的先兆，而居民卻依然懵然不知浩劫已悄然降臨⋯⋯果然，他已漸有睡意，音樂仍未停止，眼皮在他手指關掉音樂前已先行合上⋯⋯

距離平安夜還有 3 日。

---

次日早上，Suki 的 WhatsApp 內的狀態依舊是「在線上」，並對陳木耀「已讀不回」。他帶著愈來愈嚴重的不安感及黑眼圈乘坐地鐵，前往位於中環新海濱的嘉年華會場。

（榮少真過分！明明是他介紹我來幫忙的，自己卻遲到！難道在開我玩笑麼？）

陳木耀站在會場內的工作人員集合處，等待超過半個小時，仍看不到榮少的身影。陳木耀又反覆察看手機，榮少的 WhatsApp 最後上線時間仍留於昨晚凌晨時份。當然有嘗試打電話聯絡榮少，不過都是一句：「電話未能接通。」，使他不禁焦慮起來。

在陳木耀有意打道回府時，有一陌生男子向他招手

道：「喂，你是否榮少找來幫忙的兼職場務助理？」

「對啊，是他介紹我來的，不過一直聯絡不上他。」

「那傢伙，我也在找他咧！經常也是這樣沒有責任感。而且明明答應送佛牌給我的⋯⋯你有沒有向他索取佛牌？很靈的哦！啊，忘了自我介紹，我叫 Kent，是榮少的朋友兼同事。你跟我來吧，今天人手不太足夠⋯⋯」Kent 說話的速度急得如唸急口令。說著說著，陳木耀就跟隨 Kent 去工作。

---

終於到下班的時間。陳木耀今天與 Kent 閒聊間得知榮少的副業是扮演小丑四出表演，而其正職則是經營網上東南亞貨物代購店。但他最近好像周轉不靈，據說是榮少付款給泰國的供應商後，供應商就被泰國海關當局拘捕並將貨物充公了，害榮少貨款兩失，血本無歸。他大概沒錢還給已下訂金的客人而選擇潛逃吧，難怪難怪⋯⋯但陳木耀心中又泛起些許疑問，回想起與 Kent 的對話。

「榮少賣的東西為甚麼會被海關充公呢？」

「除榮少之外沒有人知道。現在他欠下一大筆債務，恐怕要一段時間才回來吧。那時若果你找到他的話，麻煩

順道提醒他欠我一塊佛牌……」

---

　　時間尚早，陳木耀打算逛逛嘉年華才去找 Karl。然後不知不覺間，他已發現自己獨坐在摩天輪的包廂之中。望見夜空中迴轉著的摩天輪，不禁又令他回想起前年與 Jessica 同乘摩天輪時的情景，同時又從背包中掏出一個『Keroro 軍曹』布偶，並向它說話：

　　「還記得嗎？妳說身在摩天輪的高處時所看到的香港是一幕倒置的星空。城市的燈光都是繁星，遠看是一道星河，又是一個星團，反過來，天空的雲層都被染成為暗紅色的平原……妳又說：『以後我不在你身邊時，Keroro 就會代我陪伴你並保護你。』。」

　　望著似曾相識的晚空，桃花依舊，人面全非。他感覺到有兩行溫熱的東西滑過臉頰。

　　「可惡！又來了！」

　　陳木耀即時拭去滑過臉頰的淚珠，嘗試以其他東西來分散自己的情緒。視線都被淚水弄得矇矓一片，他望向的遠處的包廂，有個身穿藍綠紅服飾的小丑，他抖個不停的身影似是在發笑。

「他在笑嗎？不知是在嘲笑我的孤獨或是想逗我開心呢？」

---

晚上十時許於黃金電腦中心旁的麥當勞內，陳木耀走到餐廳中一個不起眼的角落，便看到一個身穿深藍色漁夫外套約二十歲的男子，在聚精會神地注視著跟前的手提箱式電腦。他的臉上鑲有一雙精悍有神的雙眼，且樣貌輪廓鮮明。這令陳木耀聯想起《攻殼機動隊》中的神秘黑客「Laughing man」。

「終於看到你的廬山真面目了，Karl……不，Laughing man。」陳木耀微笑著説。男子就似乎意會到來者是何人，回答道：「I thought what I'd do was, I'd pretend I was one of those deaf-mutes.」

陳木耀便與他相對而坐。

「好了，Suki 仍然是老樣子。Karl 你真的知道背後原因？」

「我不知道事件背後原因，不過卻推測到引發那事件的『可能性』。」

「是甚麼可能性?」

「首先,你知否我為何昨晚用電話和你討論這件事?」

「不知道。」

Karl 從背包中掏出一塊以錫紙包裹好的長方形物體。

「不,我不吃巧克力。」

　　Karl 將錫紙剝下說道:「這是我的手提電話,包上錫紙是為了阻隔訊號。同時請你關上電話,隔牆有耳。」

　　陳木耀猶豫地掏出自己的手提電話並關掉。Karl 則小心翼翼地將自己的電話接駁至手提電腦並說明:「昨晚玩狼人遊戲,Suki 退出群組後,我家中的防火牆警告我的手提電話已被一個不知名病毒感染了。而這個病毒可以強行控制,並監視我們電話內一切活動。我相信群組內所有人的電話都無一幸免地被植入這個病毒。」Karl 的手提電腦顯示出一大串與手提電話有關警告訊息。

　　「手提電話病毒?哦!所以出來當面討論是為了逃避監聽!」陳木耀想起昨晚它曾經失控過。「但⋯⋯到底是甚麼人發放病毒?又為了甚麼?」

Karl 撫掃幾下鍵盤，道：「昨晚大家都有聽『人仔』的錄音……根據分析，那些錄音檔案就是病毒的根源。雖然我仍對他的動機沒有頭緒，但總覺得 Suki 退組一事與他有關，因為時間上未免過於巧合。這就是我所說的『可能性』。」

「如果真的只是電話病毒使然，又為何 Suki 會拍下那段怪異的影片呢？」

「說得也是，加上如果只是中了電話病毒而令電話失去功用，她作為妳的女朋友，一定會千方百計去用其他手段去聯絡你……恐怕事件背後另有內情……」

這個時候，不知不覺間已是晚上十一時。Karl 突然緊張地在敲擊手提電腦鍵盤，原來警告字句在失控地湧現，系統警告 Karl 手提電話內的病毒又開始活動，而源頭是來自「WhatsApp」。

下午 10:54 Vivian：「今天我買了一份很好的禮物喔！你們有幸抽到的話可要感謝娘娘我呢！」

下午 10:56 Derek：「嗚啊，如果我可以抽到妳的禮物就好啦！另外敏宜妳已經準備好禮物送給我嗎？不如將妳整個人都送給我好嗎？」

下午 10:57 敏宜：「嘻嘻！秘密！不過提示是：是我自製的！」

下午 10:56 Derek：「嗯，期待期待！」

下午 10:57 燦森：「我的禮物將是偏向實用方面，希望大家喜歡。」

下午 10:59 泥草馬：「朕的禮物一定是最有創意的！」

下午 10:59 Vivian：「不會是《泥草馬冷笑話集》乙本吧！？」

下午 10:59 泥草馬：「妳的建議不錯，不過都是秘密！嘻嘻！」

下午 11:00 Vivian：「那麼 @Derek『狗公仔』你準備了甚麼禮物啊！？」

下午 11:00「Derek 退出了」。

下午 11:01 敏宜：「Derek 怎麼突然退組？不是約好平安夜一起出來交換聖誕禮物嗎？」

看到 Derek 突然退組，陳木耀露出震驚的表情。病毒

一發作，群組內就有人無故退組！他緊張地開啟電話，傳送 WhatsApp 訊息予 Derek。可是，一律被「在線上」的他「已讀不回」。

「同樣的事⋯⋯今晚又再度發生。事情可能往更壞的方向推進⋯⋯這已可定性為『超自然』事件了⋯⋯」Karl 全神貫注於分析手提電腦內的資訊。

「我們⋯⋯會不會正在玩一場真人版的狼人遊戲呢？」陳木耀無意中竟吐出這句連自己都驚訝的話。

夜深，陳木耀躺在沙發上，思緒亂作一團，又浮現出 Karl 臨別時說的話。Karl 說已初步分析出這個病毒部分的特性：

1. 它被設定好每晚十一時正執行某個指令。
2. 指令會在我們這個群組內選其中一台受感染的電話作出『攻擊』。
3. 受攻擊者的數據流量會突然大增。
4. 就算將電話系統還原，也刪除不掉病毒。
5. 退出不了群組。

因以上特性，Karl 將病毒定性為「狼人病毒」。而他

會繼續解析病毒源頭——『人仔』身處的地點，並吩咐陳木耀保守住秘密，先不要打草驚蛇，明晚再於同一時間及地點見面。

「狼人病毒⋯⋯這根本是狼人遊戲吧⋯⋯誰要當『醫生』這個角色去救人呢？Karl 他那麼厲害，這個角色就讓給他吧。可惡⋯⋯Suki，妳千萬不要有甚麼三長兩短啊！啊！不行⋯⋯自己的女友自己救！」

陳木耀即時走至電腦前，嘗試找尋線索。一小時後，他盯著一個網頁，看得入神，那是一則網絡上的異聞。

『The case of Elisa Lam』——藍可兒死亡事件

2013 年春天，於洛杉磯塞西爾酒店有一宗不尋常的案件發生。一名叫藍可兒的二十歲加拿大籍華人女子，入住該酒店不久後就離奇地人間蒸發。於失蹤前，她的一系列詭異舉動被酒店電梯的攝影機拍下：例如來回地多次進出電梯，無目的地按下不同層數的按鈕，雙手雙腿相繼做出一些奇怪動作，又躲在電梯死角處，似在逃避些甚麼東西，也似乎在和畫面外的「人」對話⋯⋯

而這段詭譎影片被當地警方上載至 YouTube 上後，即引起廣大的關注及回響，真相眾說紛紜。

　　大半個月後，藍可兒那異常扭曲的屍體被發現在酒店樓頂水塔。而事件最為耐人尋味的地方，是警方只是說藍可兒死因無可疑，她是自發地跳進酒店水箱！這不尋常事件竟以此作結，警方似乎在隱瞞著甚麼似的！

　　而時至今日，網絡上普遍的論調是認為藍可兒其實是被一個「看不見」的人催眠後，再加以殺害……因為影片內的她當時似是與一個「看不見」的人在互動。

　　陳木耀又再重覆觀看藍可兒的詭譎影片，並與 Suki 的影片作對比，寒意立時由內心深處竄起……

　　他加點想像力去回憶昨晚的片段，就覺得當時 Suki 一開始，似在跳一支怪異舞蹈的雙人舞。

　　（難道她當時已被人催眠，與一個『看不見』的人在跳舞嗎？難道 Suki 已和藍可兒一樣，已凶多吉少？）

　　想到到這裡，一股毛骨悚然之感油然而生，他倒抽一口涼氣，狐疑地掃視只有自己一人居住的家，不禁害怕門鈴會突然響起。他決定先作「戰略性撤退」，回到睡房中。

　　距離平安夜還有 2 日。

「是的，假如人們果真一心想要找出可以稱為英雄榜樣的典範，假如……」

晨光熹微，晨曦已無聲地湧入屋內，照得玻璃製的茶几閃閃發亮。現在已經是早上七時，陳木耀在它之上放下手上已閱讀完三份之一的《鼠疫》。

為甚麼一個討厭看書的人會在早上看書？

很簡單，因為昨晚不安且惶恐的情緒糾結在一起，交織成複雜心情令陳木耀根本無法入睡！「與其伏在床上乞求周公憐憫，倒不讓他主動來找我！」於是他就一邊看《鼠疫》，一邊等待睡意降臨。他對著床邊的『Keroro軍曹』布偶問道：

（不知道妳讀這本書時又是懷著怎樣的心情呢？我有一個習慣，每開始做一樣事情時，就要貫徹始終地完成它。例如當開始看一本書後，就一定要將它看完為止。世上沒有事情比半途而廢更要讓人覺得慚愧。）

陳木耀開啟 WhatsApp 來檢查訊息，Suki 的狀況依舊。而 WhatsApp 群組方面，敏宜由早上起在哭訴一直聯絡不上 Derek，認為已被對方欺騙了感情。Vivian 則在安慰著她，提議今晚與她一起溜狗、談心事。

　　到了晚上，幾乎睡了一整天的陳木耀精神飽滿，作好心裡準備去與 Karl 會合。當他經過青衣公園的時候，竟又看到昨夜於摩天輪上的那個小丑，他垂下頭，推著一輛嬰兒車進入公園。陳木耀勉強看到他的側面，他對這側面有印象：

　　（他是榮少？不是因欠債而潛逃了嗎？ Kent 一直在說找不到榮少，如果那小丑真的是他本人⋯⋯現在又為何推著一輛嬰兒車呢？）

　　陳木耀急步跟上前，可是公園內的燈光太暗，跟丟了身穿小丑服的榮少。在茫然之際，他聽到本來寧靜的周遭傳來微弱的小孩子嬉戲聲。聲音來自遠方的公廁入口處，遙望看見榮少正推著嬰兒車入內。跟隨上去，當陳木耀進入公廁之時，嬉戲聲已消失了，取而代之的是老舊光管通電後所發出的嗡嗡聲。他發現公廁內只有最裡面廁格的門被關上，門外則泊有剛才那輛嬰兒車。

　　於是陳木耀拿出電話，致電給榮少。

　　「電話未能接通。」他仍未放棄，向廁格說了聲：「榮少在嗎？我是陳木耀。」緊閉的廁格依然沒有絲毫的動靜。

　　「似乎是我認錯人了。」打算離開之際，陳木耀好奇

地瞄一瞄那輛嬰兒車，車中並沒有嬰兒，只載有一個棕色的紙箱，紙箱上標有「A.37」這號碼。走出公廁時，他再度回首察看，依然沒有任何動靜，只看到公廁內的老舊光管不整齊地眨了數下。

---

　　於黃金電腦中心旁的麥當勞內，陳木耀向 Karl 提及「藍可兒死亡事件」。

　　「嗯……這兩件事本質上有相似的地方呢。」

　　「那麼你已查出『人仔』身處的地方了嗎？」

　　「還欠一點，需要他再次執行指令可確定他的地點……」Karl 開啟他那手提箱式電腦，一副充滿把握的樣子。

　　「即是說待十一時……」

　　「沒錯。而最壞的打算是我與你其中人一成為狼人病毒的目標。」

　　「我希望下個輪到泥草馬，因為我快要抵受不了他的冷笑話……」

終於到晚上十一時。手提電腦屏幕上……

下午 11:00「敏宜退出了」。

Karl 雙手手指即時瘋狂地在鍵盤上跳霹靂舞，而陳木耀只可以在一旁屏息以待。不久後，WhatsApp 群組傳出 Vivian 的呼救：

下午 11:10 Vivian（錄音 00:11）「糟了！剛剛我陪敏宜去溜狗的時候，走至西九龍中心時她突然臉色蒼白地說要走開一會。現在她仍沒有回來！她現在又突然退組聯絡不上，我擔心她……」

「『醫生』，西九龍中心距離這裡不遠，是你救人的時候啦。」

「怎樣救？」

「我不是醫生，不知道。只知道現在分秒必爭。」Karl 繼續專心致志地敲打著鍵盤。

陳木耀跑至西九龍中心正門前，便看到留有中分黑長髮，年齡大約為二十前半的女子，她正是 Vivian。

「唏……陳木耀！你有辦法去找敏宜嗎！？」

「我的辦法就是直覺。直覺告訴我船到橋頭自然直。剛才妳們……溜狗時有沒有遇到不尋常的事？」

「讓我想想……啊！稍早前在南昌天橋下，敏宜說看到一個古怪的小丑的身影，說那個人有點像榮少……」

「小丑？榮少！？事不宜遲！快帶我去！」

兩人就跑到了南昌天橋下，由於早前天橋上發生火災，天橋仍處於封鎖狀態。

「剛才敏宜就是看到那小丑在天橋上……」

「汪、汪嗚。」

Vivian 未及說罷時，就傳來一陣微弱的狗吠聲。同時陳木耀的小腿感受到軟綿綿的觸感。俯首一看，有一頭細小的白色捲毛小狗在他的小腿磨蹭。

「啊！小白！為何只剩下小白在這裡？敏宜呢！？」原來牠就是是敏宜的魔天使愛犬——小白。

Vivian 彎下身打算抱起牠時，小白突然跑過馬路，險些被大貨車輾過。到達馬路對面時就停下來，回首凝視著他們兩人並搖擺尾巴。

「難不成牠想引導我們去某個地方？這有機會關係到敏宜的安危！」

「我對陳木耀你的印象改觀了⋯⋯你比想像中可靠！」

「說這些⋯⋯因為我是『醫生』嘛！」他們立時緊隨小白其後。

陳木耀認為在旁人看來，他們兩個臉色凝重的人跟著一頭可愛小狗急步而行的樣子定必滑稽不已吧！就這樣，不知跨過多少路口，不知途經多少條後巷，他們走至深水埗區的一道窮巷，終於看到敏宜的身姿！

人們說當有靈性的狗隻看到不祥之物時就會向它吠叫，而現在，牠正向著主人敏宜吠叫。

立於陰冷窮巷盡頭的敏宜背向著陳木耀兩人，一動也不動，對任何的叫喚均沒有反應。陳木耀踏步上前察看，看到她垂下頭死盯著腳下方，繪畫於地上的 Wi-Fi 符號圖案！

Vivian 這時上前並嘗試拉敏宜離開，然而⋯⋯

「敏宜⋯⋯她整個人僵硬住啦！」

　　沒錯，敏宜有如一尊不動如山的石像，任憑二人合上九牛二虎之力也無法牽動她一根指頭！

　　「這一定又是邪法使然！」

　　「邪法？甚麼邪法？」

　　「我婆婆說當人中了邪法之時就會出現這種不合常理的舉動！」Vivian驚慌地以雙手掩面。

　　（如果真的是這樣，豈非Suki、Derek，甚至藍可兒都是中了所謂的邪法？但太沒根據啦！）

　　於是陳木耀道：「愈是遇到這種超自然的狀況就愈要冷靜應對⋯⋯」

　　「你說得對！我想起婆婆在生時有說過類似的話⋯⋯試一試⋯⋯」Vivian似乎已回復冷靜，在背包中掏出一張黃色的A4尺寸的紙張，紙張上佈滿某種經文。然後她吟誦起經文：

　　　琳琅振響，十方蕭清，
　　　河海靜默，山嶽吞煙，
　　　萬靈鎮伏，招集群仙，
　　　天無氛穢，地無妖塵，

冥慧洞清，大量玄玄……

立竿見影，雖然敏宜仍未恢復意識，可是她的關節終於放軟！Vivian乘機推她前行。然而當她暫停吟誦經文，敏宜又變回一尊僵硬的少女石像。

「我們現在去麥當勞找 Karl 吧！我有很多重要的事要去對他說！」

於是乎 Vivian 唯有繼續唸經，充當成一個蹩腳道士。另一方面陳木耀則負責推敏宜前行，後方的小白亦跟隨著他們的步伐前。他們這一行兩人個人一條「屍」外加一條狗，可以說得上是後現代版的「山西趕屍團」！路人都無不報以異類的目光予他們。

終於，趕屍團順利抵達麥當勞門前，敏宜即時整個人昏倒在地上。不過數秒後就恢復心智，沒有大礙。

Vivian：「太好啦！我們剛才被妳嚇壞了！」

敏宜如夢初醒：「這裡是甚麼地方？剛才我不是在西九龍中心的嗎？」

Vivian：「敏宜妳可能中邪了啦！我們現在去找Karl……」

一説曹操，曹操就趕忙地出現：「各位，我查出『人仔』的地址了！」

然後，眾人互相交換情報後，都露出凝重的表情，並相約定明早再在這裡集合。在事件解決之前盡量避免使用受病毒感染的電話。

距離平安夜還有1日。

———————

翌日陳木耀一早就已抵達麥當勞。他已做好一切心理準備，因為今天他們計劃前往『人仔』的地址——大角咀利得街海興大廈七樓。

「Morning，抱歉，我仍查不出榮少的下落。」背著呆笨重手提箱式手提電腦的 Karl 一抵達就作出道歉。

「不需道歉！至少我們已查出串聯起一系列詭異事件的「L.C.M」（最小公約數）——狼人病毒、神秘圖案及疑似榮少的小丑！我們或者已經接近事件的核心。」

「Sorry！我最後都說服不了泥草馬及燦森。而敏宜方面你們不用擔心，她在今天會好好待在家中休息⋯⋯」Vivian 亦已到達。

「好了，現在不是道歉大會！那麼現在出發吧！」陳木耀一邊說，一邊想：「Suki 對不起！今天我一定會找出一切的真相！」

已有一段日子沒有爬過樓梯，所以抵達街海興大廈七樓時，陳木耀難免會有點氣喘及心跳加速，或者緊張、不安感也是其中因素之一。

根據 Karl 提供的地址，他們眼前那道塗上朱沙色的鐵門後應該就是「人仔」棲身之所。

Karl：「你們看，門旁的角落有一個類似是 Wi-Fi 符號的圖案！」他開啓手提箱式電腦察看，一臉迷惑。

Wi-Fi 符號就是貫通整個事件的「最小公因數」之一，陳木耀心中的求知欲已驅使我舉起手去按動門鈴，但屋內並沒有半點回響。

Vivian：「不用按門鈴……門沒有關上……」

她毫不費力就推開鐵門。門一開，景色與陳木耀想像的不太一樣，屋內漆黑一片。他們各自啓動手電筒往單位內探射，初步看出內裡的窗戶都被人以各種東西給封住……

訊
號

Vivian：「這個環境，是個典型會鬧鬼的地方嘛……」

Karl：「不知道，既然已來到這裡，去看看『人仔』在攪甚麼鬼！」

然後，他們攝手攝腳進入這個面積約六至七百平方尺的單位內，先由大廳開始調查。仔細看，發現電燈都破掉了，加上大廳的窗戶被人以木板封住，現場彷如黑夜。廳中的擺設與一般家居無異，如果勉強說有特別的地方的話，廳的東南角落置有一座比較大型的多層式神檯，可是上面的神像、佛像都倒得七零八落……

Vivian：「你們……覺不覺得好像愈來愈冷……好像……隨時會有甚麼東西出現的樣子……」

膽量方面一向巾幗不讓鬚眉的 Vivian，竟開始忌憚起來，她緊貼著陳木耀與 Karl 而行。這不能怪她，因為環境相當黑暗，恐懼令她脫下男性化的面具，終於有點像個女孩子的樣子。

他們走到短而狹長的走廊，見右方一旁的房門虛掩，Karl 不假思索就推門入內。

Vivian：「喂，Karl 不要走那麼快，等等人家！」

Karl：「這裡沒有甚麼可怕，我在美國生活時，經常與大學同學四出去傳聞鬧鬼的凶宅探險呢。」

陳木耀：「真不愧為『奇異博士』！」

果然，房內除了窗戶被封上外並沒有任何不尋常的地方。之後繼續由 Karl 做「領隊」。他們走至浴室門前——「滴答滴答」，隱約聽到的水滴聲由門後傳出。Karl 謹慎地推開門，即時有一大群蒼蠅由浴簾後飛出來！開前三人都被這突如其來的異動所驚駭，而且聞到一股怪味。

Vivian：「果、果然有甚麼東西！！」

「難道……是屍體！？」陳木耀疑惑著。

Karl：「拉開浴簾就知道！陳木耀，你替我照明，我入去一下……」

陳木耀將燈光都投射於 Karl 身上，然後他就步入那漆黑而寬敞的浴室，使勁將浴簾一拉。不知是失望或是放下心頭大石，浴簾背後空無一物，只有一個仍沒有關好的花灑在滴水，總算鬆一口氣了！

Karl：「等等，將閃光燈往地下照……」

陳木耀遵從吩咐，將視線往地上移⋯⋯

「這他媽的是甚麼！！」陳木耀幾乎尖叫起來，連帶Vivian也緊緊地摟住他！

地上有一個成人體型般，呈「大」字形的污漬，而且仍有少量蒼蠅在污漬上留戀著⋯⋯

Vivian：「這⋯⋯難道是誰人的屍體？」

Karl：「不，如果是屍體就一定有骨頭，現在只是一些污漬而已⋯⋯但這肯定代表了甚麼東西⋯⋯」

Vivian：「啊⋯⋯！牆上的是甚麼東西！？」

陳木耀即時將光線投向左側的牆上，看到那裡掛有三套藍綠紅式樣的小丑服飾。三套小丑服之間有一個懸空的衣架，即是説這裡本來是有四套小丑服飾，現在卻有一套被人取下了⋯⋯

更巧合的是，這三套小丑服與陳木耀記憶中，昨晚那名懷疑是榮少裝扮成的小丑所穿的吻合。

（為甚麼⋯⋯會這樣？難道『人仔』與榮少有何種關係？）

檢查完浴室，他們就退回走廊。

Karl：「我想回去剛才那間房看看。」

他們在房中發現一台 Asus 手提電腦。電腦順利地啟動，但發現它被密碼鎖保護著。有備而來的 Karl 亮出自己的手提箱式電腦並與 Asus 手提電腦進行連線，試圖去破解其密碼。過了十多分鐘後⋯⋯

Vivian：「怎樣？還不行嗎？我想盡早離開這個鬼地方！」

Karl：「再等一會就完成破解⋯⋯」

陳木耀就趁著空檔，走出房間再調查一下。剛才好像仍有一間房屋未去探索，他看到走廊盡頭，雜物堆後有一道被眾多的木板封住的門，而木板上更寫有一段看似是咒文甚麼的紅字，這實在是不尋常，他以相機拍下照片後就回去房間找 Vivian 及 Karl。

「你們看看，走廊盡頭有間可疑的房間！」

同一時間，Karl 與 Vivian 卻以一臉難以置信的表情來凝視著 Asus 手提電腦的屏幕。

「啊！陳木耀快過來看看這些圖片……」Vivian 驚呼道。

陳木耀湊近屏幕一看，看到一張張經過精心處理的圖片，圖片內都有大量的水果、汽水、零食及玩具。這些東西之中有個盛著液體的密封玻璃器皿，內裡均盛有一團只有手掌那麼大小、灰黑色的東西，似乎是某種生物經風乾的標本，他想到了一些不太吉利的東西……

「這些難道是嬰兒的標本？這就是坊間流傳的『養鬼仔』！？」他驚呼。

「準確點而言這是『人胎鬼仔』才對！」Vivian 一鳴驚人。

「那又是甚麼玩意啊！？」陳木耀一臉恐慌的樣子。

「我婆婆以前曾經營佛牌生意的，有次不經意間在她的倉庫中看到過。之後在我追問外，她才神神秘秘地對我說明，『人胎鬼仔』是『鬼仔』的其中一個種類。那是效力最強最凶卻又最難控制的嬰靈……它們的前身是臨盤前不幸夭折的嬰孩。由於它們未能投胎轉世而充滿怨念，術師就會收集它們的屍體，再施予邪法而煉成。它們法力高強且製作困難，東南亞一帶的國家亦嚴禁這類物品出口，所以價值不菲。可是一旦失控，其供養者甚至會遭其附

身，死於非命。」

同時 Karl 以鼠標指向電腦內的文件檔案，發現內裡記有數筆交易紀錄，交易金額都有六位數，而商品名被稱為「瑪呢加卡他卜」。不過更另他們震驚的事是，Asus 手提電腦有大量榮少的私人相片及個人資料。

此時陳木耀想起榮少被泰國海關當局充公貨物一事。就此，他憑一切所知的證據作出推斷：「難道……其實……這裡是榮少的家？他暗地裡經營著轉售『鬼仔』這門生意……然後可能控制不了手上的人胎鬼仔，而慘遭反噬繼而做出種種怪異的行為？」

Karl：「即是說……『人仔』其實就是一頭……『人胎鬼仔』！？那麼說入侵我們電話系統的並非是病毒那麼單純……？」

「嗚啊！原來『鬼仔』想與我們玩狼人遊戲，而使到整個群組的人都被牽涉其中？果、果然是靈異事件！婆婆救我們啊！如果妳仍在生就好！！」Vivian 幾乎要哭出來。

雖然籠罩在心中的疑團被掃掉不少，「真相」的外圍終於浮上檯面，然而陳木耀卻並不為此感到開心。這時他好像聽到有小孩子的嬉戲聲……

Karl：「我們該⋯⋯等等！你們⋯⋯有沒有聽到有小孩子在說話？」

「嘻嘻來嘻嘻嘻嘻嘻嘻玩嘻嘻嘻嘻吧嘻嘻嘻⋯⋯」

在場的所有人都咋舌了，難道一說『曹操』，『曹操』就到？

他們三人縮成一團，懸心吊膽地步出房間。斷斷續續的嬉戲聲及拍門聲由剛才走廊盡頭——那道被木板封上的房門傳來！幾乎在同一時間，單位的大門「砰」一聲就被重重閉上，他們即被困於這個漆黑陰冷的死胡同之中。閉塞感、恐懼感在我們心中蔓延。

「Jesus！我們怎麼辦⋯⋯」本來極為沉著冷靜的 Karl 竟然也有驚慌失措的一面。

「沒、沒有問題的！它、或者它只是在與我們玩遊戲而已！。對啦，冷靜想想身上有沒有帶備零食、玩具之類的東西？它們都是孩子⋯⋯應該與一般小孩一樣，都喜歡這些東西！我親手弄了一些紙杯蛋糕！有怪莫怪，都拿去食，不用客氣⋯⋯希望合大哥大姐口味⋯⋯」Vivian 心驚膽戰地將一包紙杯蛋糕放置於地上。

而陳木耀也唯有盡力而為！他掏出這那個已陪伴自己

一整年，象徵著 Jessica 的「Keroro 軍曹」布偶置於地上。

「我想……該是時候放下妳了。」

不知道是否他們的祭品起作用，房間內的呢喃聲、敲門聲已經消失。萬幸大門亦已鬆出一道縫隙。「有錢使得鬼推磨」原來是指這個意思！他們當然把握機會，極速逃離這個不祥之地。逃至大街上，行人如一尾尾鯽魚，與他們擦身而過。

陳木耀猶有餘悸地拭掉臉上的冷汗，同時留意到同行的兩名同伴已被嚇至面無血色。對，一同經歷過這種非比尋常的處境後，他們已經的關係已不單單是網友，而是「同伴」了。現在，雖然已成功脫出險境，但眾人噤若寒蟬，因為就算不想承認，也得承認有無形的東西在逼他們玩這場真人版的狼人遊戲，不知未來命運如何。

「對了！不如我們去天后廟吧！！」Vivian 這一句打破僵局。

────────────────

眾人到達深水埗天后廟的大門前，不知是否心理作用，香燭焚燒的氣味令陳木耀產生一股安心感。可能正如在警察局門前，你並不會擔心遭到黑社會尋仇一樣。他們

邊討論剛才的遭遇，邊步入門內。

「唏！年輕人們！你們光天白日在談這些大吉利是的東西？吐口水再說過！」陳木耀身後冷不防竄出一名矮小且白髮斑白的老婦。停頓一下後，她放下手上的掃把，托一托眼鏡，問：「等等……妳是阿嵐？」

「龍婆您好！我是阿嵐……抱歉，自婆婆過身後都沒有來探望妳……」

而後 Vivian 就將剛才的遭遇都告知那個稱為「龍婆」的老婦。

「不用怕不用怕……不論你們遇到甚麼事，天后娘娘都會保祐你們。來來來，每人盛惠三十元，讓婆婆來為你們祈個福！」

陳木耀小聲地對 Karl 耳語：「竟然要收費……」

「當然的！人人也要吃飯！」只可說龍婆的聽力與外表不符。

陳木耀呆望著龍婆在廟中焚燒著冥鏹，時而閉目唸唸有詞。突然，她喊了一聲後，冥鏹便熄滅掉。然後她睜開眼走近陳木耀三人，眉頭緊鎖地向們警告：

「今次糟了！我拜了那麼多年娘娘也未曾有過今天這種場面！娘娘說你們當中一人的身上將會有大劫啊！」

「我們也明白可能招惹到一些超自然的事物……該如何是好？」

「今次可謂神仙難救！唏！你們每個也年紀輕輕，真的於心不忍！來！每人再給我三十元，老身再盡力為你們祈個福！切記隨遇而安。唉，一切都是命，半點不由人，不由人……」

離開天后廟後，眾人便默默地前往深水埗地鐵站解散。

「Bye。」

「再見。」

「希望再見真的可再見。」

「我仍沒有放棄。由現在起，為防入侵，我的個人通訊將處於『Stand alone』模式。如果想找我的話可於今晚九時到黃金商場對面的麥當勞……」Karl 以不甘心的口吻道。

「……」

然而 Vivian 及陳木耀都一副落幕的樣子，沒有人和議
Karl，只有默默地離去。陳木耀明白不安感令自己沉默起
來，縱使知道「真相」卻冇無改變現狀，會使人深感無奈。

---

回到家中吃飯洗過澡後，陳木耀如死屍般躺在沙發
上，卻無心睡眠。他有點擔心自己會一睡不醒。他又拿出
已讀畢三分之二的《鼠疫》來閱讀。

直至晚上，陳木耀終讀畢全書，結局讓人難忘。故事
的結局說眾主角都不顧自身安危，在堅持下，縱有犧牲，
終擊退奪去大量人命的鼠疫！人性的光輝並沒有被死亡的
恐懼掩蓋。翻至書中的最後一頁時，他看到 Jessica 的一段
手寫字句：「陳木耀，縱使你討厭看書，但仍會看完我送
給你的書。太好了，到最後都我沒有看錯人。」

突然，一股溫熱的脈動在陳木耀身體中翻滾起來。

「Jessica，雖然是遲了點，但我想我明白了——勇於
面對死亡，才是生命的本質！」他望一望手錶，已是九時
許，希望現在仍未算遲！

陳木耀氣喘如牛地趕到麥當勞，那個身穿深藍色漁夫
外套的背影令他安心。

「Hero, what's your plan?」

「You know what I'd like to be? If I had my goddamn choice, I'd just be the catcher in the rye and all.（你知道我想做甚麼？如果我有甚麼該死的選擇，我想要去當個麥田裡的捕手）」

―――――――――――――

「Karl，你是認真的嗎？要在明晚平安夜要與「鬼仔」決勝負！？」陳木耀以驚訝的表情呆望手提箱式電腦的屏幕。

「對的。我的電腦今天在榮少家中探測出一個 Wi-Fi 訊號後，我就明白了事件的真相，可就此制訂對策。」

「甚麼對策？老娘有興趣聽聽！」

「我也有！可以的話小白也可以幫忙的！」

「不用費心，朕可以為敏宜妹妹妳效犬馬之勞！」

陳木耀轉身一看，除了燦森外大家竟然匯集到此！

「感謝大家！」Karl 露出感動的表情，然後開始了他

的個人演說：「每個人都對 Wi-Fi 訊號都有潛在不同程度
的敏感，而做出不測的行為：有的人會覺得腦痛；有的
會覺得渾身不自在。而且美國中情局已有研究指某波段的
Wi-Fi 訊號可以影響人腦的活動，從而在人無意識間影響
其行為。實用化的話，這可變相成為一種催眠手段。

而我的手提箱型手提電腦有加裝準軍事用的 Wi-Fi 訊
號倍增收發裝置，這是屬於美國產的『戰略性物資』。它
今天於榮少的家中偵測到一個與我們日常接觸的有大為分
別的 Wi-Fi 訊號波段！解析過後，它的域名為『來玩吧』」

泥草馬：「Wi-Fi 可以催眠人？前所未聞……」

Karl：「請大家看看這段新聞……」

電腦屏幕顯示出一段新聞：【Wi-Fi 敏感症折磨英 15
歲女上吊亡】。

新聞的內容是說 2015 年英國牛津郡，有名一叫 Jenny
Fry 的少女因抵受不住 Wi-Fi 敏感症而留下遺書就失蹤，
最後她被發現在住所附近的樹林上吊死亡，據指她是自因
Wi-Fi 敏感症而輕生。

Vivian：「那麼 Wi-Fi 催眠術與『鬼神之話』又有甚麼關
係？」

Karl：「每次發生怪事的現場都會出現一個 Wi-Fi 圖案……相信這與榮少家中的那個 Wi-Fi 訊號有關！

終究 Wi-Fi 是電磁波的一種，而巧合地有種解釋說所謂的鬼魂，其實就是人腦遺留下來的電磁波……假若榮少家中的『鬼仔』是一道電磁波，碰巧它有接近於 Wi-Fi 電磁波的頻率，然後就通過網絡，與我們玩『狼人遊戲』。而成為狼人目標的人就會被它以 Wi-Fi 電磁波催眠，做出一連串怪異行為……」

陳木耀：「簡言之，鬼仔化身成 Wi-Fi 電磁波來散播病毒及催眠被它盯上的受害者！？」

說時遲那時快，受害者又再出現。

下午 11:00「燦森退出了」。

敏宜：「燦森他……是否已經……」

Karl：「時間無多，所以求求大家一起來幫忙！」他向眾人鞠躬。

陳木耀：「當然的！明晚……轟轟烈烈地大鬧一場吧！」

訊號

陳木耀回到家後，仍雀躍不已，突然又想念起突然失去聯絡的前女友 Jessica。便拿出信紙：

「致 Jessica：

今天明晚就是平安夜，亦是快要與妳分手一周年的紀念日。自那天起我們就沒有再聯絡……我知有點唐突，但我有一個怪誕的故事想與妳分享，正如以往我們無論發生甚麼事都好，都會與對方坦誠相對那樣。

希望妳如以往那般，能相信我……」

距離平安夜還有十九小時。

黃昏，陳木耀在家中作最後檢查。他們昨晚已擬訂出一個計劃：以陳木耀的家作為當晚的聚會場地，同時在家中設置監視器材。到了當晚聚會時，將眾人的電話以防電磁波纖維包裹起來，再用他家中的電腦啟網頁版 WhatsApp，這樣可逼使「狼人」的 Wi-Fi 訊號連線至他的電腦。

如果這樣的話，「狼人」就已踏進 Karl 設下的陷阱——因為陳木耀的電腦將與 Karl 的手提箱式電腦及其家中高

運算性能電腦透過網絡連接起來，成為一個統一的運算陣列。當偵測到那段 Wi-Fi 訊號所建立的連線後，電腦陣列便會透過網絡搜索「狼人」Wi-Fi 訊號連線的位置找出其正體，與此同時，那些被 Karl 入侵而成為其手下的傀儡電腦群就會將病毒傳送過去，癱瘓「狼人」的 Wi-Fi 網路！

簡單點而言，Karl 的計劃是藉網絡攻擊手段來破解「狼人（人仔）」，以彼之道還諸彼身！

一切已就緒，人鬼大戰即將開始！

晚上六時，天色已完全暗下來。Karl、泥草馬、Vivian 及敏宜，大家都已齊集於陳木耀家中。他們先開始玩大富翁桌上遊戲，Karl 則在一心二用地一邊透過手提電腦監測訊號，一邊建構其地產王國。

Vivian：「太好了！今晚過後一切怪事就會完結。」

泥草馬：「其實我一直都是以旁觀者的角度來看那些怪事⋯⋯到現在也沒有甚麼真實感，冒犯說句，榮少、Derek、Suki 的死活與我無關。」

敏宜：「你不是當事人，那天也沒有去榮少的家，當然可以如斯輕鬆！如果今晚小白在場的話，一定叫牠咬死你！哼！」

泥草馬：「但是如果他們真的離奇失蹤或死亡的話，新聞報道或多或少也會提及到⋯⋯所以這會不會只是個惡作劇呢？」

Vivian：「老娘今天弄的紙杯蛋糕有點失敗⋯⋯來人，餵這位公子吃餅！！」

陳木耀與 Karl 將歹人泥草馬按在地下，Vivian 配合地將她的那些失敗之作往泥草馬口中猛塞。泥草馬抵受不住即時衝進廁所嘔吐大作，令大家捧腹大笑起來。那時現場充滿快樂的氣氛，終於有點像個聖誕派對。然後大富翁遊戲結束，眾人圍在桌子一邊談天，一邊等待 Pizza Hut 的聖誕外賣大餐。當然 Karl 仍在進行他的工作。

Vivian 指著掛在牆上的一張相：「陳木耀，相中的女孩子是否就是你念念不忘的前度女友？有幾分似 Suki 哦！」

陳木耀：「是呢，可惜她們兩人都離我而去。」

泥草馬：「我也想有個這麼漂亮的女友啊⋯⋯木耀哥哥您不介意的話可否介紹她給小弟認識？」

Vivian：「你這頭畜牲又在口出狂言！」

陳木耀：「恐怕沒有機會吧！分手後她就與我斷絕來往。她真絕情……六年感情來的！」

敏宜：「Oppa，你真長情……」

陳木耀不自覺地破壞掉氣氛，這時，一直注視著電腦屏幕的Karl面容變得嚴肅起來。「噯……大家冷靜地聽我說，榮少已在WhatsApp群組上貼出『聖誕節大家一起玩遊戲』的字句，系統檢測出這是經由那個詭異的Wi-Fi網絡——『來玩吧』而來的數據封包。同時，我的電腦已探知到這個Wi-Fi網絡的訊號愈來愈強，代表訊號發射源愈來愈接近這裡！」

泥草馬：「有客到……屬豬屬猴的請回避……」

「現在不是開玩笑的時候！大家快點披上防電磁波纖維布！！」陳木耀呼叫。

Karl：「不用擔心，一切仍在掌握中，現正在解析其網絡並進行入侵……」

「叮噹叮噹叮噹！！」又突然，門鈴急遽地響起！Vivian及敏宜畏懼得縮在一起，Karl專注地快速敲打著鍵盤。

「泥草馬……我們披好防電磁波纖維，上吧……」於是陳木耀帶領著泥草馬，攝手攝腳地前往玄關，打開大門……

「您好！對不起，遲到了些許，你們點的 Pizza 套餐已到……你們為甚麼以這樣的眼神望我？」來者原來只是一名有點氣喘的速遞員！虛驚一場。

收取所有食物後，Karl 的表情終於放鬆下來：「呼……大家！接下來我有一個好消息要宣佈：剛才已成功將病毒傳送至那詭異的 Wi-Fi 網絡源頭，並成功令其失效！而源頭被植入木馬程式，我們日後將可掌握其的行蹤！大家現在可以嘗試退出『平安夜約定你』群組了！」

果然，大家都成功退出那個詭異的「平安夜約定你」群組！

「我在此宣佈：這場真人版狼人遊戲我勝利者就是我們——人類啊！」

放下心頭大石後的大家在狂歡著，因為一切已雨過天清！最後交換禮物後，大家都懷著歡欣的心情散去，並約定除夕一起去倒數，成立一個「除夕夜約定你」的 WhatsApp 群組，這個聖誕派對終於完滿地完結了。

「如果説有甚麼不滿的地方的話，只可以説是交換禮物時我不小心數錯人數為六人，結果自己抽到的是個空號，要重新抽籤。最後我抽到泥草馬的禮物《泥草馬個人寫真集》乙本，天殺的！我打算找個日子將這本寫真集，連同 Jessica 的那堆舊書一同捐給漂書團體。不過這是後話，現在要好好休息」陳木耀自言自語。

————————————

十二月二十五日，時間：不詳。

陳木耀花了一整天的時間，終於將困擾他的詭異事件寫成一封信，然後將信件投至郵箱後就回家。回家途中他經過大廈大堂的時候，順道檢查自己的收件箱，發現有一封信——是前女友 Jessica 寄給他的信。他既驚且喜，因為已有整整一年沒有聯絡的 Jessica 現在竟然寫信給他。回到家後，他坐在客廳沙發上拆開信封，打算細閱之時，電話又響起來。一看，是一則來自 Karl 的來電。

他內心泛起微妙的不安感，因為每次 Karl 打電話來，談的都不是甚麼好消息……

「喂？Karl？有甚麼事？」

「喂……你現在還是陳木耀嗎？」Karl 的語氣缺少了

他往常的鎮定及從容感。

「我當然是我啦，為甚麼問這個問題？」

「那麼你現在在哪裡？今天有沒有甚麼不尋常的事發生？」

「我在家中，今天一切正常啊！反而我覺得不尋常的是 Karl 你⋯⋯」

「你冷靜地聽我說，快！快逃，總之不要問，不要待在家中！！對，去上次的天后⋯⋯」

「喂？ Karl ？喂喂？聽不清楚⋯⋯」

與 Karl 的通話突然被掛斷，取而代之的，是一則 WhatsApp 錄音：

下午 10:23 吳（錄音）：「你⋯⋯抽中了我⋯⋯」

那是一段沉濁無比的聲音⋯⋯

「是『人仔』？他不是已被 Karl 的木馬程式消滅了嗎？為甚麼⋯⋯難道！？」

　　與此同時，「叮噹叮噹叮噹！！」他的門鈴急遽地響起。他目瞪口呆地坐在沙發上，不敢動彈！

　　這個時候，他的電話屏幕在播送一段以第一身拍攝的片段：

　　有一個「人」在後樓梯拾步而上。那「人」似乎衣不蔽體，它那青灰色的手腳時而在鏡頭內晃動……可以看到它手上捧著一個棕色的紙箱，紙箱上標有「A.37」這號碼。而後那「人」由後樓梯走至陳木耀的門前，急促地按動門鈴……

　　然後，有人來應門了。那是一個身穿小丑服飾，頭顱則被一個麻布袋包裹著的男子。他開門後就走到橢圓形的飯桌前坐下，同時，可以看到飯桌另一旁分別有三個人坐著，當中有一名身穿白色連身裙的女子及一名身穿「A.P.E」名牌外套的男子，所有人的頭顱都同樣被麻布袋包裹著……

　　而後，那個「人」慢慢地往陳木耀的睡房前進，它打開房門入內，看到在床上呼呼大睡的陳木耀。接著那就將手上的紙箱打開，那赫然是一個骨灰龕，那個「人」將骨灰龕小心翼翼地放置於陳木耀的床下……

　　影片到此結束。

訊號

此時，已嚇得魂不附體的陳木耀看到睡房門正慢慢地被拉開，在門縫中，他看到一個體型如成人大小的「嬰兒」！它露出半張臉於門縫，那張臉呈那青灰色，臉形如一個倒立的梯形，臉上充滿一道道彎曲的皺紋……皺紋下方有一個「O」形的洞！

陳木耀終恍然大悟！原來一直以來的「Wi-Fi 圖案」，就是眼前「人」的自畫像！可惜現在已太遲……眼前的「人」鳴叫出極為沙啞及沉濁，聽得教人渾身不舒服，不想再聽第二次的聲音：

「聖誕節……大家……來玩吧……多謝……收留……」

———————————————————

十二月二十五日，時間：不詳。

Karl 雙目圓睜，臉上流出不少冷汗，不過他沒有心情去擦拭它們，任憑它們滴下至鍵盤上。

剛剛 Karl 察看昨晚竊取來的資料：

昨晚在那名速遞員站在門口等待陳木耀付錢的時候，表情顯得有點驚慌，非常專注地玩自己的手機，於是好奇的 Karl 就「順道」竊取其訊號，那是一段電話聊天紀錄：

　　經理：「怎麼這張訂單要送那麼久還未完成？其他客人在投訴了！！」

　　速遞員：「對不起，剛才乘升降機的時候我可能看到『不乾淨』的東西！我進入升降機後，有一個身穿一身小丑服飾，頭顱則被一個麻布袋包裹著的人尾隨我而入，他每層樓也按一下！之後我覺得不太對勁，即時逃出升降機改以行樓梯的方式去客人處！我到達客人門外，按了很久才有人應門。他們也不太尋常！有的人身上都披上毛毯，都以奇異的目光看著我。而另外沒有披上毛毯的人那三個人與剛才的小丑一樣，被麻布袋蓋頭，在做一些古怪的瑜伽動作。」

　　經理：「不要管人家那麼多！你以為我會信你這種胡言亂語嗎？不如快點送貨吧！」

　　「難道昨晚……」Karl 即時解析昨晚 Wi-Fi 訊號，竟發現訊號的真實發送地址是位於於深水埗桂林街的一個舊樓重建地盤，就於網絡上查找有關該舊樓重建地盤的資料：

　　【深水埗一唐樓的違法骨灰龕倉庫被取締，仍有骨灰龕未被認領。】
　　【發展商已取得唐樓地皮將作重建之用。】
　　【前居民表明唐樓被收購前怪事接二連三發生，質疑

那是發展商為收地而作出的不道德手段。】

「……糟糕！昨晚陳木耀抽獎時抽中了空號，難不成……」Karl 瞬時打電話至陳木耀，可惜說不上數句，通話已被掛斷……

---

十二月二十六日，不詳。

耀眼的陽光又照得玻璃製的茶几閃閃發亮，置在茶几上的《鼠疫》已被好好合上。這時一張信紙被風吹落至茶几旁的地上。

致木耀：

這封信是我托朋友寄給你的。你收到這封信的時候，我們剛好分手一週年。這一年來你過得還好嗎？希望你不會因為我突然離開你而鬱鬱寡歡。你知道嗎？與你分手的前一晚我哭得死去活來，因為我真的真的捨不得你！

世事無常，我萬萬也想不到只有二十四歲的自己會患上白血病，所以我的生命已走到盡頭。我有接受死亡的胸襟，卻沒有對你坦白的勇氣，認為生離總比死別更為容易接受，所以就選擇了這個告別的方法。對不起，我希望現在的你已放下了我，希望你能原諒我，這是我對你的最後所說的話。另外我送給你

的 Keroro 布偶要常留在身邊哦，它會代替我守護你。時間差不多了，那麼有緣的話來生再續前緣吧！

請不必回信，因為死人是沒有可能再回信給你的！

珍重。

Jessica

不知道他最後有沒有看到她最後的來信呢？

詭異日常事件Ⅳ

　　夜色漸濃，天邊尚有數片沾有夕陽餘暉的雲彩。橫洲並沒有太多的摩天屏風樓，故此要飽覽這些教人舒暢的尋常風景並不是奢侈的事。不過這夜佩琪沒有餘裕去享受這種奢侈——因為她遲到了。

　　「叮噹……」她終於抵達一間獨立屋的庭園前，按動門鈴後不消十秒，一名活潑可愛的小孩即時由屋內開門蹦出來。「佩琪姐姐你終於到啦！」

　　「對不起，今天的義工活動要去多個地點餵飼流浪貓咪狗狗，所以花了比較多的時間方才完結呢！」

　　「爹地媽咪留下我……家中只有我一個……很可怕。」小孩上前擁抱佩琪。他身高只及佩琪腰際，有如一頭終於等到主人回來的小狗。

　　「不用怕，所以姐姐今晚都會留在這裡陪 Jacky 仔你。而且你看，我帶了一件禮物給你！」佩琪一手提起手上的扁盒子，一手撥動劉海，眨動炯炯有神的大眼睛，朱唇上彎，露出整齊的一排皓齒，那是個甜得醉人的笑容。

　　「嗚哇！是 Pizza 啊！我已很久很久沒有吃過 Pizza啦！而且還有一個『Tamama 二等兵』的徽章！多謝佩琪姐姐！！」

「你病仍未痊癒，不要告訴叔父叔母我帶 Pizza 給你吃啊！」

「耶！遵命！」

「好啦好啦，現在先去洗手吧！」

「Yes！Madam！」Jacky 仔一繃一跳地跑回屋內。

佩琪亦跟隨他進入獨立屋中。

佩琪及 Jacky 仔津津有味地分吃 Pizza，看電視，同時在閒話家常。

「對了，Jacky 仔你知道叔父叔母他們去了甚麼地方嗎？下午的時候突然收到他們的電話，說要我來看管你一會。」

「嗯，我偷聽到他們的談話，好像是要去參加喪禮。」

「哦，原來是這樣。最近有親戚過世嗎？」

「媽咪好像說參加『董先生』的喪禮。她又說董先生的家停電過後，他就突然死去了。」

「『董先生』嗎？之前聽叔父與我爹地的談話中聽聞過，說那個董先生可是你的恩人呢！」

「但我未曾見過董先生……」Jacky仔疑惑地嚥下最後一口Pizza。

「你自出生就體弱多病，上醫院的次數比上學的還要多。之後就是董先生介紹了治療頑疾方法予你們，你的病情才得以控制住，能開開心心地上學去呢！」

「既然是恩人，那麼為甚麼爹地媽咪不讓我去參加呢。」

「你爸媽他們素來迷信，當然不會讓你出席這種場合啦！」

「去不去也沒有關係，反正留在家中我可以看《笑笑小電影》。」Jacky仔指向時鐘，現在已是晚上八時二十分，距離播放《笑笑小電影》的時間還欠十分鐘。

佩琪恍然大悟：「今晚是三月份的最後一個星期六晚……差點忘記了啦！還有十分鐘『地球一小時』就要開始！」

「姐姐甚麼叫『地球一小時』？」

「那是一個全球性的節能活動。人類在地球上肆無忌憚地浪費資源，對大自然環境做出沉重的負荷。為了喚醒人們保護大自然的意識，就有人發起這個活動。而在八時三十分，響應活動的人要關上家中的燈一小時。」

「好像很有趣呢，老師常常教導我們要節約能源，保護好地球。」

「那麼我們關上家中全部的燈，然後才看《笑笑小電影》吧！」

「Yes！Madam！」Jacky仔向環保先鋒佩琪敬禮。

然後兩人就分頭行動，不消數分鐘就將全屋兩層樓內的燈關掉。

「報告佩琪軍曹，二樓的燈全部已被我關上，Over！」

「做得好，『Jackyky二等兵』！本軍曹亦已關掉庭園的燈啦，作戰行動完滿結束，Over！」

「對不起，佩琪軍曹！閣樓的房間仍沒有關上燈。」

「你們家有閣樓的嗎？」

「對啊，那裡亮著一枝很長的燈，不過爹地他們平時都不准我入去玩……」Jacky仔指向樓梯旁的那道木門。果然，門縫中洩漏出微弱的白光。

「Jacky仔你要記住做任何事都不能半途而廢！既然不准你進去，那麼我進去就沒有問題吧！」佩琪一邊說出感想，一邊走向閣樓，瀟灑地推開門。

甫一踏入塗滿白油漆的閣樓房間，「嗡嗡嗡……」光管發出的高頻率悶響即在佩琪的耳窩內迴盪不已。她抬頭望向天花板上的光管，眼睛更因不習慣光管所發出的強烈白光而幾乎睜不開眼。在她漸漸習慣強光後，方察覺那道光管並不普通，有大約兩米之多的長度。光管的電線伸延至牆身上的一小鐵箱，那應該就是光管的開關。鐵箱對面有一張朱紅色的木檯，檯上竟然有一個A4尺寸的相框，相框內鑲有一幅Jacky仔黑白相！

「為甚麼會有Jacky仔黑白相片呢？」佩琪拿起相框來研究一番，才方拿起它，就有一張朱紅色類似揮春的紙張飄落至地上。她正打算撿起它之時——「啪」一聲，整個房間就幾乎失去所有光。由客廳電視機所投射過來的光線成為了僅存的光源。由於四周的環境的光暗度霎時逆轉，佩琪的瞳孔未及適應，幾乎看不清任何東西。

「報告Madam，最後一枝燈也被屬下關上！」她身後

方傳來 Jacky 仔雀躍的語調。

佩琪回過身子，於或明或暗的光線中隱約看到 Jacky 仔向她敬禮……同時，她看到一點不太尋常的事物在他身後出現——

兩團很高大的暗紅色人影。

然而在一眨眼間，紅色人影就已不知所終，令她懷疑是否眼睛在剛才望光管時給烙上了殘影。她搓一搓眼，這時竟然連 Jacky 仔的身影也一併消失掉！難道紅色人影將 Jacky 仔帶走！？

「Jacky 仔？」她摸黑地走至房門前，再往前跨出一步，即被一個柔軟的東西絆倒——原來是 Jacky 仔，是突然昏厥於地上的 Jacky 仔。

「難道 Jacky 仔突然病發？」佩琪急得心慌意亂，手足無措。她打開大廳的燈再回去看 Jacky 仔時，更當場被嚇得魂不附體！因為當下 Jacky 仔的樣子極不尋常——他捲曲著冰冷僵硬的身子，臉色如死灰，雙眼圓睜且反白，嘴巴撐大並伸出腫脹的舌頭。半點生命跡象也沒有，簡直是一具已死去多時的屍體。

佩琪已急得哭出來了。「怎、怎麼辦……對！先對他

進行急救」她抱起失去意識的 Jacky 仔，然後將他至平地
上躺平，進行心外壓，可惜佩琪力有不逮。接著她將嘴唇
貼向 Jacky 仔的口，對他進行人工呼吸。

「Jacky 仔你千萬不要有任何不測啊！姐姐在這七年
間看著你多次經歷生關死劫，你每次也憑意志撐過去，所
以你今次也可以的！」佩琪用盡氣力，將空氣灌入 Jacky
仔口中⋯⋯

「咳⋯咳⋯咳⋯⋯」奇蹟終於出現！突然間 Jacky 仔
又回復生機，佩琪抱緊剛恢復意識的他，嚎啕大哭，因為
她已失而復得。

<hr />

「乖啦，不要再哭了⋯⋯現在甚麼事也沒有。一起看
《笑笑小電影》吧⋯⋯」沙發上，Jacky 仔在安撫心情仍
未能平伏的佩琪。她仍在雙手掩臉啜泣，她剛才真的被嚇
壞了。就在這個時候，屋門傳來開鎖聲。

「Jacky 仔，有沒有聽佩琪姐姐的話，有沒有頑皮
呢？」屋門打開，是一對夫婦。佩琪聽到那熟悉的聲線，
即時站起身道：

「叔父叔母對不起⋯⋯剛才我買了 Pizza 給 Jacky 仔

食，害他病發……」

「爹地媽咪不要怪姐姐……是她將我救回來的！」

叔母即時緊張地上前察看自己的心肝寶貝，見他沒有大礙後才舒口氣：「我想不關佩琪妳的事。這次真的多謝妳救回 Jacky 仔一命，他每次病發時都會嚇得我們心臟停頓……」

然而突然間，叔父指向閣樓房門驚呼起來：「老婆！這回糟啦……燈…燈熄掉了！！」

「甚麼！！？」叔母幾乎快得與驚叫聲同步地抵達房門前，對著漆黑一片的房門內目瞪口呆。

「老婆不要發呆啦！現在還來得及！快行動！」叔父迅即拿出一把水果刀，一隻杯，然後捲起衣袖手起刀落往自己的手刺下去。源源不絕的鮮血不久就注滿杯子，然後他將杯子拿進房間中……

另一方面，叔母用雙手緊緊按住 Jacky 仔的臉頰，緊張地叮嚀：「你要聽媽咪的話……千萬、千萬別閉上眼睛！」

「媽咪我明白的，我不會閉上眼睛！」

　　佩琪聽得一頭霧水，她從未曾看到過 Jacky 仔一家這樣。

　　「喂！老婆！不行啊！我的不足夠，輪到妳了！」漆黑的房間中傳來叔父的喊話，接下來面色蒼白的叔母就緊張地衝向房間。Jacky 仔欲哭無淚地抱著佩琪的手臂喃喃自語：「我不會閉上眼睛……我不會閉上眼睛……當我閉上眼時，那兩團紅色的影子就慢慢地走過來……它們想帶走我……」

　　「Jacky 仔……不要怕，沒事的沒事的！」佩琪安撫過 Jacky 仔之後，便鬆開他的手，緩緩地走向閣樓的房間……

　　佩琪從門縫中，看到叔母以水果刀在自己的手腕上割開一條血痕，任由鮮血在滴入小鐵箱之中，這個時候本來已經熄滅的長燈就一閃一閃地亮起來，看來壽命將盡。

　　「糟糕！還是不足夠！！」叔父面露愁容，而他手上有一張紅紙。佩琪勉強看到紅紙上寫有一行行黑色的毛筆字：

莫氏　花仔偉德　生於丁亥年
六月十四日　丑時三刻
．．．．．．．．．

……
…

佩琪按捺不住她的焦躁不安與好奇心，就推開房門問曰：「叔父叔母……這到底是甚麼一回事？」

叔母將頭擰向佩琪，本來溫順的容顏變得有如一頭母夜叉，衝向她並一手抓住他的衣領：「我才要問妳──為甚麼要關掉這間房的燈啊！！」

「這是……因為『地球一小時』……節省用電……我想灌輸環保意識予 Jacky 仔……」

「節省用電！？我節省你的頭啊！！妳、妳！Jacky仔……不，我們一家都被妳害死啦！！殺人兇手！！」叔母歇斯底里大發雷霆，高舉手上的利刀，作勢要砍向佩琪。

「妳瘋了嗎！！」幸好叔父來得及反應，一手抓住叔母的手。

「她、她害死我們唯一的兒子啊！而且我們也……」

「不知者不罪！這不能全怪到她的頭上！可能這就是天意，逆天而行的報應！！」

　　叔母崩潰了，跪在地上掩面痛哭，叔父亦跪在地上來安撫她的情緒。

　　「我……」

　　「佩琪……不要再刺激你叔母了……你走吧……我們會再想其他辦法解決……」說出這番話的叔父顯得心力交瘁。

　　「咳、咳咳……佩琪姐姐不要走……你不是說這晚會陪伴我的嗎？咳咳……」縱使佩琪步出獨立屋的時候Jacky仔仍對她依依不捨，她亦只好無視，尷尬地急步離去。

　　佩琪的內心五味雜陳。「Jacky仔現在不是已經好端端地恢復了麼？為甚麼叔母他們要將血液灌入那個小鐵箱中？那盞燈又與Jacky仔的病情有甚麼關係呢？這肯定是甚麼的宗教儀式，我知他們素來迷信……」

　　回到家中後，她當然即時向父母及兄長報告剛才的事情。豈料父親冠華聽完之後，神色凝重起來：

　　「妳闖大禍了……我們明天探他們吧。到時妳好好道歉……希望他們會原諒你」

說罷他就獨自回房間休息。似乎除父親一人外，家裡其他人都表示毫無頭緒……

———————

翌日早上，佩琪舉家前往探望 Jacky 仔。然而並不是造訪他的家，而是前往醫院。原來昨晚午夜開始，Jacky仔的身體情況突然急轉直下。他被送往醫院時，高燒一直退不下來，夢囈著：「你們不要抓我……不要再怪責姐姐……」

隔著薄薄的玻璃，佩琪望見躺在深切治療部病床上的Jacky仔。她知道隔著他們的並不單只是一面玻璃，而是生與死這道鴻溝。主診醫生說 Jacky 仔的白血病以現今的醫學技術是治不好的，換言之他的生命已進入最後倒數階段。

「為甚麼會這麼巧合？難道那盞燈真的與 Jacky 仔的病情有關？這麼說我就是令 Jacky 仔病危的罪魁禍首？」佩琪的思緒亂作一把，不知該如何去面對 Jacky 仔一家。

她獨自在病院漫無目的散步，走至露台附近時，看到父親正與叔父在商議著一些事情：

「哥，我剛才聯絡到昆哥。他說有辦法去救 Jacky 仔

一命！」

「又是那個昆哥！他的方法根本不可靠之餘，亦是一頭『吸血鬼』！你之前不是付了二百萬元向他購買所謂的『長生燈』之法麼？而且你看，那個董先生雖然因『長生燈』保住性命，諷刺地，最後燈一熄，人就跟著去了……」

「昆哥向我保證這次的延命之法會更加可靠！可是相對的這次的收費亦昂貴得多！要付三百萬元……」

「三百萬元！？不如叫他乾脆去打劫銀行吧！」

「因為這次的延命之法需要張羅特殊的材料……亦要在一個星期內完成施法……而昆哥說他也是勉為其難幫忙的……」

「唉！都怪我家的不肖女……冠峰，你手頭上還欠多少？」

「哥……希望你可以借二十萬給我支付醫藥費……餘下的，我會想辦法……」

佩琪的內心極為矛盾：一方面她從來不相信這些神怪之說，認為父親口中的那個『昆哥』只是個神棍；另一方面她卻覺得這件事情是由她引起的，她打從心底希望那個

所謂『延命之法』可以救活如親弟般的 Jacky 仔。

理性與感性在她腦海中交戰，直至晚飯時她仍是一副失魂落魄的樣子，嚥不下一口飯。

「佩琪，Jacky 仔的事不能怪妳……這些事就由我們大人來解決，妳就當昨晚只是發了一場惡夢吧！」父親試圖安慰佩琪，但這件事與 Jacky 仔的生死攸關，又豈能視若無睹呢？接下來她度過了一個寢食難安的星期。

一個星期後的星期六晚上，一通電話，令精神低靡的佩琪回復光彩。

「佩琪姐姐，我剛剛出院啦！現在爹地媽咪開車載我去機場！」

「真、真的嗎？上個星期醫生說你活不過一個月的……為甚麼突然去機場呢？」

「醫生叔叔說我可能被天使祝福了，身上發生奇蹟，所以病已永遠治好！『它們』已不會來抓我了！另外爹地媽咪答應帶我去英國玩一個月！！」

「誰要抓你？不管如何，你能康復就行！」

「對啊…康復…就行…嘰……」

「喂？Jacky仔？剛才那個聲音是你的嗎？為甚麼突然變得那麼沉陰沙啞呢？」

「嗚啊啊啊啊啊！喀……」然後電話的另一端傳來一男一女的尖叫聲，電話就被掛上了……

佩琪大驚，即時回撥電話給叔父叔母，然而都是無人接聽的狀態。她衝出房間去通知家人，奈何大家同樣束手無策。半個小時後，佩琪父親就接到一通由警署打來的電話——載有Jacky仔一家的私家車在高速公路失控撞壆，叔父叔母被證實當場死亡。

冠華由冰冷的殮房中渡步而出，悲慟不已。因為他已親眼確認胞弟冠峰的遺體。

「Jacky仔沒事的，不用怕，哥哥、姐姐、叔叔、嬸嬸會一直陪住你的。」佩琪胞兄禮舜半跪在地上，安慰泣不成聲的Jacky仔。而奇蹟地，Jacky仔在這次嚴重車禍中只受了皮外傷。他似乎仍未能接受父母雙亡的這個現實，緊緊擁抱著佩琪而啜泣。

「各位家屬對不起，我們想再與莫偉德小朋友錄一次口供，根據一名路上司機的口供，莫冠峰先生好像是因為迴避兩名穿紅衣的人影而撞塱的⋯⋯我們想找出那兩名路人的下落。」一名便衣探員邊揚起警員委任證邊走過來。

「Jacky仔不是說過他當時看不見前方的東西嗎？他才七歲而已！你們給他休息一會才再錄口供吧！！」佩琪母親倚琴向探員抱怨。

（又是兩個紅色的人影？難道⋯⋯）佩琪的心臟卜卜聲地跳起來。

翌日中午，明媚的陽光穿透玻璃灑進佩琪那位於朗庭園的高層住宅單位。怡人的春風挾著由濕地公園而來的原野氣息，送至她的家中。本來一個和絢得教人心情愉快的春日，然而坐在餐枱前的五人，卻一直露出沉重的神色。

忙碌了一個早上，才完成所有繁瑣的手續回來。坐在餐枱中央位置的冠華，他宣佈：「Jacky仔能在車禍中安然無恙已經是不幸中的大幸，相信冠峰及嫂子泉下有知也會瞑目。我決定收養Jacky仔，從這一刻開始他就是我們家庭成員之一。」眾人歡呼起來，打破剛才沉寂的局面。

「爹地，其實我有一個問題想問你⋯⋯」

「是甚麼問題？」

「是關於那個『延命之法』……」

「佩琪你看太多奇幻小說了吧，我突然有點肚痛！先上個廁所……」冠華狼狼地跑進廁所。

（也罷！反正現在Jacky仔已經安然無恙，所謂的「延命之法」一切可能只是巧合。）佩琪暫且將心中的疑問拋開。

轉眼間已過了一個月的時光，Jacky仔也漸漸適應寄居於佩琪家的生活，這是有賴佩琪的悉心照顧。佩琪覺得自己好像多了一個活潑可愛的弟弟一樣，縱使這樣令他與男朋友的二人日本之旅告吹，仍覺得是值得的。

可是，快樂的時光過得特別快，天真的她並不知道自己早已陷入詭異事件的漩渦之中……

於四月一個刮著狂風打著閃雷的晚上，佩琪與Jacky仔在家中大廳玩電視遊戲機。

「佩琪姐姐，我有一個請求……」

「想買新玩具嗎？還是想我帶你去甚麼地方玩？」

「其實……不知道為甚麼，我總想回去家中看看……」

「沒有問題的，遲些日子我放假，就帶你回去住個兩三天吧！」

「嗯，謝謝姐姐……」

突然，屋門被人猛然打開。佩琪猛然回頭一看，赫見禮舜渾身濕透歸來，而他的手上正捧著一隻受傷的流浪貓。貓咪一進屋，似乎被窗外突如其來的閃電嚇到，掙扎不已。

「小花妳乖啦，得要盡快替妳消毒及包紮傷口才行。佩琪，妳也來幫忙吧！」禮舜一邊說著一邊就走進洗手間。佩琪就趕緊從急救箱拿起繃帶及消毒藥水。Jacky仔並沒有理會，繼續沉迷於電子世界之中。

「哥，為甚麼小花會傷得這麼重的？他是否遭到野狗攻擊？上星期我們一起去餵它的時候也好端端的……」佩琪一邊為牠清理半月狀傷口上的膿，一邊質疑。

「你不知道嗎？最近有流言：這區深夜有變態流浪貓狗殺手出沒！遭他殺害的貓狗都是死無全屍的！小花有命脫險，算是不幸中的大幸……」

「真是個人渣！不如我們自發去捉拿那個令人髮指的變態殺手！」

「佩琪啊！這對你來說有點危險⋯⋯最近亦有一個傳聞，在夜深的時候，會有一個怪異的男子會手持著一束花跟蹤夜歸的女子。妳知妳平時已引來眾多的追求者⋯⋯我擔心你會成為他的目標。這種事交給大哥我來處理就行了。」禮舜擺出一副長輩的模樣，已在摩拳擦掌⋯⋯

突然間廁所的門被打開，「哥哥姐姐，我現在已很倦啦⋯⋯我先去睡了⋯⋯」Jacky仔以雙手搓著滿佈紅筋的雙眼，的確是一副疲倦的樣子。小花卻與他相反，依然在禮舜手中拼命地掙扎⋯⋯

然後又過了兩天，深夜時份，佩琪在床上輾轉反側。「現在不去日本，遲點再去也行啦！」最近與男朋友因取消日本之旅而冷戰一事而令她心情煩躁，每晚都睡得不太好，乍睡乍醒的。她認為與其在床上浪費時間，倒不如看一看文學著作來充實自己的心靈。

佩琪打開夜燈，於書櫃上隨機找出一本書來翻閱，結果抽出來的是魯迅的名作之一《彷徨》。翻開書，書籤被夾於一個叫作《長明燈》的短篇故事結尾之中。她對這個故事仍留有印象，那個故事大概是說：

　　在一條傳統的鄉村中，一名瘋子試圖去吹熄點燃在寺廟中的那盞「長明燈」。他這種行為引起居民的不安，因為大家都認為當「長明燈」熄滅，就會觸怒神靈，神靈一旦憤怒起來，就會將村子變成海洋，將居民們化作泥鰍。

　　（守舊迂腐的大眾盲目地倚從荒謬的習俗，而將試圖改革的人當作成瘋子。魯迅應該是以這個故事來諷刺封建社會的迷信習俗吧……）想著想著這些，佩琪不知不覺間就進入夢鄉了。

---

　　不過佩琪的好夢並不長久，突然間就被人硬生生地驚醒過來。

　　「佩琪！快點起床來跟我們去醫院！」她一睜開眼就見到惴惴不安的母親倚琴，站在她身旁的冠華則在不安地跺著腳。

　　「難道是Jacky仔的病又復發！？」

　　「不啊！是妳的老哥禮舜啊！！剛才醫院打電話來說他在馬路上被車撞到啦！」

　　「甚麼！？那麼他現在怎樣！？」

「他現在在搶救中仍昏迷不醒啊！真的不明白他為甚麼這麼夜還在街上流連！」

一行三人便匆忙地出發前往醫院，慌忙之中當然沒有驚動 Jacky 仔，留他一人在家中熟睡。抵達後，佩琪終於看到禮舜，他全身上下數個部位都包著繃帶，有如一具木乃伊，對家人的到來沒有反應，呼吸輔助機發出的呼呼聲彷彿代替他向家人打招呼。

愁雲慘霧籠罩著各人，然後兩名便衣探員邊揚起警員委任證邊走過來，佩琪覺得這畫面很有既視感。

「相信各位是莫禮舜先生的家屬……」

「我也認得你是上個月的那名警察，到底我兒子為甚麼遭車撞到！？」

「莫先生你的兒子是被一輛高速駕駛中的私家車撞倒的。」探員從袋中亮起一張肇事車輛的圖片，圖中的車輛是台俗稱「掃把佬」的新款跑車。

「這個區經常有人非法賽車！為甚麼你們警方一直不執法！！」

「請你冷靜下來。這次事故的原因是由於莫禮舜先生

突然衝出馬路，令私家車收掣不及引致的……我們剛才已盤問過司機、車上的乘客，以及翻看過附近的閉路電視，他們的證供表面上成立。」

「不可能的！我兒子從不衝紅燈！一定是那班飛車黨害我的兒子成這個樣子！」

這個時候探員又從袋中拿出一個密封的透明膠袋，他指住其中一件物體，那是個被輾壓過的貓糧罐頭：「我們在莫禮舜先生的身旁一些貓糧罐頭，我們在懷疑他當時可能是為了追趕野貓而衝出馬路。」

「對了，阿哥說最近半夜有變態貓狗殺手出沒！他有說過去手捉拿那個兇徒！」佩琪急不及待地提供線索。

「的確最近有市民報稱在附近的路上發現貓狗的殘肢。根據他們的口供，我們初步推斷犯人應是一個小孩……」另一名探員道。

「很難想像這是小孩的所為……等等，警察先生！那枚徽章是在甚麼地方找到的？」佩琪指向裝在膠袋內的一枚「Tamama 二等兵」塑膠徽章。她有印象這是之前送給 Jacky 仔的禮物。

「在路旁找到的，我們猜那是屬於莫禮舜先生的隨身

物品，而且上面有他的手指膜⋯⋯」

---

　　凌晨十二時許，佩琪在醫院走廊的長椅上閉目，心中卻忐忑不安：「為甚麼我送給 Jacky 仔的徽章會在那裡出現？而且阿哥被撞的那個位置亦接近 Jacky 仔原來居住的家⋯⋯難道？」

　　就是這種不負責任的揣測令佩琪坐立不安。望向身邊倚在一起睡覺的父母，她下了決心：「我不信 Jacky 仔會做出這種事！回去找他問個明白！」

　　於是，她回到家後第一時間就去到 Jacky 仔睡房門外敲門：「Jacky 仔⋯⋯對不起，姐姐有點事情想問你⋯⋯」房間內沒有人回應，她唯有推開門入內。一打開燈，就驚呆了。床鋪上空空如也，而她看到地上有一張皺巴巴的紙，紙上畫有塗鴉——畫中共有七個人及一高一矮兩座房子。高房子中有四個人，當中兩人穿著裙子。而房子中其中三個人都被大交叉覆蓋著，只餘下一個穿裙子的人沒有被劃上交叉；矮房子中那三個人當中亦有兩個人被劃上交叉，餘下的那個人則似乎在流眼淚，同時他身旁畫有一個「Help」字⋯⋯

　　「Jacky 仔在哪！？這張圖到底是甚麼意思？」事情

竟然朝著她推測的方向發展……

佩琪在家中搜索一遍，仍找不到 Jacky 仔，認為他可能是回去自己本來的家了。她瞬即出門，跑向那位於橫洲的獨立屋去尋找他的下落。沿路上，她不時聞到有點兒熟悉的花香，亦感覺到好像有人在注視著她似的。佩琪懷疑自己已經被那名傳聞中的怪男子盯上，但現在無暇去理會，全神貫注地奔向 Jacky 仔的家。

佩琪大汗淋漓，喘息不止，終於抵達 Jacky 仔家的庭院前。她用鎖匙開啓大閘入內，以電話的電筒功能作探路時，竟看見庭院的地板上有雜亂的泥黃色鞋印，而它們的尺寸只有成年人的一半。這幾天都有下過雨，她確信 Jacky 仔真的回家去了。她進入大屋後便呼喊：「Jacky 仔！我是佩琪姐姐！你在嗎？」

然而漆黑的虛空之中並沒有任何回應……佩琪就走入屋內打算繼續進行探索。她打開牆壁上的燈掣，四周卻依然漆黑一片，顯然屋內的電力已被切斷。用電筒照探大廳一番，現場的環境與一個多月前她造訪時是一模一樣的。廳中只剩下那掛在牆壁上的鐘擺在嘀嗒嘀嗒地運行著，時針分針表示出現在已近深夜二時——丑時已過三刻。此時她將燈光聚焦於地上，發現有一連串泥黃色鞋印，之後她跟隨著鞋印，分別搜索過飯廳、廁所及廚房，均沒有 Jacky 仔的蹤影。

長燈

　　然後，她看到鞋印隱隱約約地延伸至樓梯之上。用電筒照探過去，她就看到了閣樓房間的門。走近一看，門已被釘上長條型的木板，似乎並不想讓人進入去⋯⋯

　　（這是叔父叔母幹的嗎？）一股不協調感油然而生。

　　由於電話的電量已見底，她認為不可在這裡蹉跎時間，決定加快步伐登上二樓。「Jacky 仔你在嗎？」她一邊行一邊喊道。

　　「躂躂躂躂⋯⋯」佩琪的呼喚終於得到回應了，二樓的廊間傳來一串輕盈的腳步聲，是小孩子跑動的腳步聲。她想起好些日子前跟 Jacky 仔二人玩捉迷藏的光景，於是就急步跑上樓梯上。在廊間，她看到走廊盡頭那間房的房門虛掩，並發出「吱依⋯⋯」的木頭材間的摩擦聲，它不是被人推開就是被風吹開。

　　佩琪攝手攝腳地走至房間門前，推開房門一照——那是一個整齊的大房間，內裡有一張雙人床、一張大書桌、一個座地大衣櫃。沒錯，這就是冠峰叔叔兩夫婦的臥室，而 Jacky 仔玩捉迷藏時都喜歡躲在這裡，只可惜仍然沒有 Jacky 仔的身影。她並未放棄，決定展開地氈式搜索。她探頭於床下底，看到只是一些雜物，拉開衣櫃的門，亦只有掛著各式各樣的衣服。不過就在這個時候，「啪」一聲，似有一件硬物跌到至地上。原來是一個盒子由衣櫃內

滑出來，裝在盒子內的書信亦灑至地上。她俯身拾起盒子時，注意力被一本筆記吸引住了。

「備忘錄──吾兒莫偉德」佩琪隨手翻開其中一頁來閱讀起來。

2012.6.5
「今天醫生說偉德只剩下不足三個月的生命，儘管是既定的事實，我和妻子都不能接受！！想起來，在偉德出生的當天，醫生已提醒我們他很大機會活不到十歲，我們亦已做好心理準備。不過在這五年間我們看著偉德每次與死神搏鬥時所展現出來的頑強生命力，令我們覺得他說不定可以與其他小朋友般茁壯成長。而且另一方面已證實他是個資優兒童，我們真的很想看到他頭戴四方帽身穿畢業袍的那天，拖著女朋友的手，自豪地向我們說：『爹地媽咪，很感謝你們令我誕生在這個美好的世界上』。」

2012.6.15
「偉德每天都過被病魔及藥物折磨得很痛苦⋯⋯幸好在這段期間乖巧的侄仔、侄女一有時間就會來探望偉德，令他歡天喜地。醫生說雖然病情仍不樂觀，但這樣可以對他的病有正面影響。」

2012.6.19

「偉德的病情急轉直下，醫生叫我們做好心理準備……」

2012.6.21

「今天去流浮山吃飯的時候巧合地遇到舊上司董先生，我當時很驚訝他還活在世上，事關他三年前因患上末期腦癌而辭職。閒談之間，他表示被一名叫作『昆哥』的江湖術士所救。之後，他的腦癌絕症已然完全康復。雖然這是荒謬的事，但絕望中星星的火花已足以成為可以照耀一切的太陽。」

2012.6.22

「今天去找那個昆哥商量，他說有一個逆天而行之法，可助人逃出鬼門關，瞞過鬼差的追捕，我當然即時求他幫助。誰知道，他竟向我索取二百萬元！我們家根本沒有這麼多錢！這時他就開出另一個條件，就是要我的妻子去當他的情人，直至他厭倦為止！真的是個不知羞恥的人渣！！

我提議問大哥去借錢，誰知妻子竟然接受這個無理的條件！！

可惡！！我真是枉為男人！不但救不了親兒，也保護不了妻子！我才是個不知羞恥的人渣！」

2012.6.25

「今天那個人渣帶同他的助手們來到我家去施行所謂的『長生燈』之法。他們以淫邪的眼神盯著我妻子時，我差點壓抑不住心中的怒火。我們清空了閣樓予他們安裝『長生燈』，它幾乎與普通的光管無異，只是比較長而已。施法術的最後一個步驟，是要我與妻子兩人將自己的血液灌入長生燈的開關處。原來這個意思是要用我和妻子的壽命來為偉德去續命。

不用說，我們毫不猶豫地割破自己的手腕……

另外有一個要注意的地方是：千萬不可關上這盞燈。一旦燈被關上，失去了燈的干擾，鬼差就會前來捉拿偉德……」

2012.12.24

「今晚是平安夜，我和偉德二人在餐廳中享用著火雞及 Pizza。這個『長生燈』法術真的有效得可怕，半年前施法後，偉德的病情突然間受控而且逐漸好轉起來。他不但可以與普通小朋友一樣正常地上學去，不單如此，小學的班主任更提議讓偉德跳班升讀三年級……

『媽咪為甚麼今晚不陪我們來吃聖誕大餐？』
『媽咪她……今晚又有重要事情去做不能陪我們了，遲些日子我們再帶她去吃 Pizza 吧！』

可惡！真的是太可惡了！但偉德的命仍握在那個人渣的手中，我們不得不從！！」

―――――――

「砰砰砰！砰砰……救…救我！」然而在佩琪讀到這裡的時候，房間外就傳來拍門聲及求救聲。毫無無疑問那是來自 Jacky 仔的聲線，她把備忘錄收在懷裡，即便跑出房外去追尋聲音的來源，她發現聲音的來源是來自閣樓房間的裡側。

「Jacky 仔！你在閣樓內嗎？」

「這裡很黑很可怕！佩琪姐姐快點進來救我！」

「我現在即時想辦法救你出來！是誰將你困在房間內的！？」

「這裡很黑很可怕！佩琪姐姐快點進來救我！」然而，似乎 Jacky 仔聽不到佩琪的話語，只在不停重複著同一句說話。縱使佩琪心中充滿著疑惑及不安，但回想起剛才那本「備忘錄」的記錄，就覺得很懊惱不已，自己一定要為這件事負責，責無旁貸！

為當天正是她叫 Jacky 仔關掉那盞『長明燈』，之後

Jacky 仔一家落得如斯境地是源於自己一時無知的愚行！

（得要找工具來撬開這道木門才行……）

佩琪憑記憶找尋位於二樓的雜物房，那裡有一系列維修汽車的工具，相信可以憑它們來破壞閣樓的房門。同時間她亦提高警覺，因為這間屋內可能有「神秘人」潛伏其中，雖則她不明白為甚麼那個人沒有任何鞋印。不過她現在沒有空閒時間去想這些，現今首要之務是救出 Jacky 仔。

佩琪從雜物房中取得鐵錘及鐵撬，就飛奔前往閣樓。可是再次回到閣樓門前，Jacky 仔發出的求救聲音已經消失，這教她急上加急。儘管佩琪已是個年屆二十三歲的成年人，但只是個弱質纖纖的女子，加上心急之餘又要顧及會不會遭受神秘人從後襲擊的緣故，令拆卸工程進度緩慢。

（將一個無辜的小孩子以這種方式封在一個密室中，封門者看來永遠不想讓人打開這個房間！心腸真的何其惡毒！）她於心中咒罵著那個封門者。

幾經辛苦佩琪終於將那幾道封著房門的木板完全移除，亦幸好沒有發生「神秘人」從後將她擊暈這種老土的情節。她嚥下口水，做好心理準備後就推開這道困著 Jacky 仔的木門……

「Jacky 仔不用怕！」房門已被佩琪打開。眼前的光景與她想像中的大相逕庭——雖然房間內並非漆黑一片，卻不見 Jacky 仔的身影。她膽戰心驚地走入房中調查。

房間之內只有兩件「家具」一盞座地式油燈及一張十分巨大的木檯。

油燈的燈芯在燃燒中，放射出若明若暗的火焰，徐徐地為四壁添上橙黃色火光。油燈的燈座上並沒有油，卻揮發出混濁且教人噁心的油煙味。燈座底部有一條如電線般的塑料線伸延開來，延伸至旁邊的那張朱紅色木檯上。木檯披上一張長得垂下至地上的朱紅色桌布，桌布上方擺有一個鑲有 Jacky 仔黑白相的相框。相框前方的檯面上貼有一張似曾相識的紅色紙，黑色的毛筆字整齊地排列在紙上：

莫氏　花仔偉德
生於丁亥年　六月十四日　丑時三刻
恨先天不足　惟以此法　祭予生氣
求莫氏偉德　延年益壽
祈陰差鬼使　網開生路
功德圓滿　便致荊巫

不過這與之前所見的有點不同，Jacky 仔的相框右方立有另一個相框。那個相框上有一名陌生生男子的黑白

照。他面容瘦削，配合上一雙「白吊眼」，朝天鼻加上唇上兩撇鬍子，簡直可以以其貌不揚來形容他的長相。而那相框前方亦貼有一張紅色紙：

余氏　勝強
姦淫擄掠　十數餘載
走投無路　下場潦倒
自作之孽　咎由自取
錢債命償　天經地義
若敢不從　鬼差伺候


（難道這就是冠峰叔叔之前所提及的另一個『長生燈』方法嗎？難道是以那個叫『余勝強』的男子的命來抵Jacky仔的命？世上果真有這種能夠使人延續生命的『魔法』？）佩琪毛骨悚然起來。

這個時候佩琪感覺到木檯下方傳出拍打木材的聲音，她掀起桌布並以電話的光源投射向木檯底，竟發現有一個長方形的木箱置於木檯之下！木箱的體積幾乎可以裝下一個成年人，而由油燈伸延出來的「電線」亦伸延至木箱的箱底。

「Jacky仔？你是否躲在箱子內啊？不要嚇唬姐姐……」

「這裡很黑很可怕！佩琪姐姐快點進來救我！」木箱

內再度傳出 Jacky 仔微弱的的呼救聲。

　　佩琪恍然大悟，即時費盡九牛二虎之力拉出木箱。但木箱的箱蓋都被人以不少的鐵釘牢牢地釘著，她手上的鐵撬又發揮功用，將鐵釘逐顆逐顆地拔出來。

　　「要支持住啊……現在還欠八顆釘……七顆釘……」

　　終於所有鐵釘都被移除，佩琪深呼吸一口下，就慢慢地移開箱蓋……濃烈的臭味即時湧出！而當她將光源投射向箱中之物時，立時被嚇得後退三舍，震驚不已！因為她於箱中看到的並不是 Jacky 仔，而是鑲有一具半乾男屍！男屍身上不停地滴出啡黑色屍油，屍油已在木箱中累積不少，另外可以看到油燈的燈芯末端已浸於油中，為油燈源源不絕地供應「燃料」……

　　被嚇得摔坐於地上的佩琪想起冠峰叔叔的那本「備忘錄」，就以抖個不停的手拿出它，將它翻至最新的一頁：

2015.02.12

　　「最近我與妻子一閉上眼，就隱約看到兩個紅色的小點，而它有慢慢擴大的跡象。據那個人渣聲稱，那兩個紅點就是鬼差。它們會越行越近而變得越來越大。最後當他們出現在我們面前時，就表示我們的壽命已盡，將死於非命。沒辦法，希望我們可以堅持至偉德成年為

止⋯⋯」

2015.03.28
「真的糟糕了⋯⋯姪女不小心將燈關掉！我們的壽命並不足夠再為偉德作法一次！」

2015.03.29
「無計可施之下，我又找回那個人渣來談判，他這次竟然索價三百萬來施法，幸好大哥願意借部分錢給我應急。餘下的錢我唯有虧空公款的手段來取得⋯⋯反正一閉上眼，就會看到那兩個紅色的人影，它們就是鬼差，我知我已命不久矣。

欠大哥的，唯有來生再還！」

2015.04.02
「人渣他們這次帶來了一副大木箱及一盞油燈，並將它們安置於閣樓的房間。及後就將房門以桃木板釘上，吩咐我們無論在任何情況之下情況也不要打開房門及木箱，否則一切後果自負。」

2015.04.04
「終於收拾好行裝⋯⋯偉德今晚就可以出院，屆時我們會直接去英國住一個月，因為人渣建議我們施法後的一個月，要讓偉德遠離閣樓⋯⋯」

　　佩琪感覺到全身的血液都在逆流，恐懼感令她的四肢不聽使喚……因為自己又犯下重複的錯誤……然而，米已成炊的時候才去懺悔已經太遲了……

　　「佩琪姐姐……」她看到房門處有一個矮小的身影站立著……

　　「來陪我吧……」那身影所發出的聲音已變得極為沉陰、沙啞……

　　「姐姐快逃！！」突然身影的聲線又變回原來的模樣。

　　「你……是 Jacky 仔？」她終於看真眼前人，他的外型的確是 Jacky 仔，但其面目極為猙獰，令人聯想起木櫃上那其貌不揚陌生男子的相片。而且他的嘴角沾滿血，左手緊捏著一隻血肉模糊的流浪貓屍……

　　在佩琪不知該如何反應的時候，「Jacky 仔」已衝上前以右手襲擊她，抓破她的衣服，並以非比尋常的力氣捏著她的頸子。

　　「來陪我吧來陪我吧來陪我吧……」Jacky 仔就這樣

將她拖行至木箱前，似乎是想將她同置於木箱內……佩琪知道現在萬事皆休矣，唯一可以辦到的事是流下最後的眼淚。淚水滑過她的面龐，匯聚至下巴，繼而滴於 Jacky 仔的手上。

就在這個時候，情況出現微妙的變化，Jacky 仔突然痛苦地掙扎，他竟然自己扭打起來。

「不要反抗……」

「要救姐姐！」

「沒用的，你已是屬於我的了，你姐姐也是屬於我的了……」

「無論如何也不能讓你傷害姐姐！」兩把聲線，不，是兩個人格才對，在梅花間竹地在替換著，對抗著。但顯然真正 Jacky 仔的人格處於劣勢。

「還要反抗！？下地獄去吧！」

「我…我是 Jackyky……二等兵……」

眼看要被擊敗，這時，Jacky 仔彷彿耗盡自己最後一口氣力，站起身，將那盞油燈一口吹熄。然後他就「喀答」一聲躺在地上，一動也不動。果然這盞燈就是新的「長命燈」，燈一熄，Jacky 仔從此返魂乏術……

「Jacky 仔！你醒醒！快點醒吧！」佩琪在大力搖晃著已失去呼吸及心跳的 Jacky 仔，可惜這樣改變不了甚麼⋯⋯

所謂禍不單行，雖然她喚不醒 Jacky 仔，卻喚醒一樣不得了的事物⋯⋯

「不要逃、逃⋯⋯所有、有⋯東西⋯⋯都是⋯我的、的⋯⋯」木箱內傳來悶響，那具半乾男屍已從箱中伸出乾癟的手！

「快逃⋯⋯」佩琪並不知道是否受驚過度而出現幻聽，耳邊響起這句細語，教人窒息的恐懼感令她連滾帶爬地逃出房間。然而她身後的怪異事物緊隨其後，「躂躂躂躂」的爬行聲不絕於耳。好不容易他終於逃出這間獨立屋，逃出庭院。她的腦袋放空，除逃命之外根本容不下任何事物。快要到達大馬路的時候，就感覺到左腳一緊，整個人撲倒於泥濘小路之上。原來她的腳已被一條乾癟狀的舌頭纏上，後方的詭異事物正高速地爬過來⋯⋯

「嗚啊不要啊啊啊！」佩琪歇斯底里地尖叫起來，她就感覺到自己被「人」拖回原路。沒錯，那具活乾屍正拖著她回會獨立屋。

「喵嗚～喵嗚～」「沙沙沙沙⋯⋯」

　　佩琪認為萬事皆休已，突然，細長的貓叫聲及雜草磨擦的聲音從小路旁邊的草叢揚起。「咻咻咻嘰！」活乾屍竟然對這貓叫聲起反應，加快移動速度，難道它是怕貓的嗎？

　　就在活乾屍將佩琪回到庭院大門前的時候，貓叫聲、狗吠聲在草叢中此起彼落，幾乎同一時間數十隻野貓野狗就由草叢中撲出來，包圍著那具活乾屍並對它瘋狂地噬咬起來！

　　活乾屍痛苦地在泥地上滾動，它的屍身「活生生」地被在場的貓狗肢解，只剩下如嬰兒般大小的屍身時，「嘰……」留下這句遺言後已失去反應。最後，屍身連一根骨也不留地成為了牠們的腹中塊肉。「祭典」完畢，野貓野狗就平靜地和平散去，一切又回復尋常。

　　滿身泥濘的佩琪根本不能相信眼前所發生的天方夜譚！她只呆望著坐在自己身前的那隻野貓，貓身上仍綁著繃帶，在津津有味地啃咬著纏在她腳上的舌頭……

　　「難道你們……就是從地府而來的使者？」

　　「……」綽號「小花」的野貓並沒有理會佩琪，將乾屍的舌頭吞下肚後便坐在地上，滿足地以自己的舌頭舔舔貓爪。

佩琪平伏心情，又回到去閣樓房間察看 Jacky 仔的狀況。Jacky 仔仍倒在地上，正確來說他已經是一個死人。佩琪悲傷不已，覺得自己應該要負上全責，她願意不惜任何代價去彌補這一切。

「對了！『長生燈』！！」她拿取水果刀，就走至牆身上的那個小鐵箱前，下定決心，將手伸進去……

「嗡嗡嗡……」光管又再度發出高頻率悶響，它那強烈的白光即時照亮了整個房間。倒在地上的 Jacky 仔似乎被燈光喚醒，恢復意識，睡眼惺忪地坐起來：「佩琪姐姐……我剛才做了個很可怕的惡夢……有一個凶神惡煞的大叔要來追殺我們。然後我看到了爹地媽咪，他們到警察局報警，說是去救妳……」

「對……那只是一場惡夢罷了……接下來，Jackyky 二等兵聽命：本軍曹命令你永遠不要再關上這盞光管，並永遠將這個房間封閉起來！」佩琪流出悲喜交集的淚水。

「Yes！Madam！」

半年後。

「佩琪姐姐，我又考了第一名啦！」

「不要自滿哦 Jacky 仔！以後也要努力！」

「Yes！Madam！」

「見你這麼乖，就獎勵你吧！想要甚麼聖誕禮物？」

「耶！我想叔叔、姨姨、哥哥、姐姐這個星期六陪我去海洋公園玩！」

「嗯……姐姐這個星期來不了，不過你們仍然可以去玩的。」

「為甚麼？姐姐要去和男朋友拍拖嗎？」

「對呢，今個星期六是平安夜哦！我當然要和他會去拍拖啦！所以你們遊玩時開心一點不必掛念我。」

「姐姐不去的話我也不去了……」

佩琪張開眼，看到跟前鼓起腮子在生悶氣的 Jacky 仔，他那可愛的模樣叫她哭笑不得。

　　佩琪閉上眼，便見到兩個紅色的影子，它們現已在伸手可及的距離，教她有點唏噓。這個時候她的手提電話鈴聲突然奏起，是胡鴻鈞的主打歌——《化蝶》

上次匆匆一別還約了
結伴去共你遇上那道橋
約定了　改不了……

　　「喂，Jessica，我有這個週末……平安夜的 AIA 嘉年華入場券喲，我們一起去玩乘摩天輪吧！」

　　「陳木耀啊！對不起，人家這個週末舉家去海洋公園玩哦！」

　　「竟然是這樣！不要緊！遲點再補償聖誕禮物給妳……對了，我介紹一本很有趣的漫畫給你看，叫《銀魂》……」

————————————————

　　橫洲並沒有太多的摩天屏風樓，要飽覽夕陽餘霞是一件易事。佩琪一邊在窗台上寫信，一邊享受著這種尋常的風景。

「致木耀：

　　這封信是我托人寄給你的。你收到這封信的時候，我們剛好分手一週年。這一年來你過得還好嗎？

　　………

　　……

　　…」

　　「既然這是代價，那也沒有辦法了……生離總比死別更為容易接受……對吧？」她向夕陽訴說出心底話，與此同時已將告別信寫好，打算叮嚀禮舜一年後才將信件寄出，然後她掏出覆診通知書，這個星期六需要前往醫院去報到。

　　「好風景多的是　夕陽平常事　然而每天眼見的
　　永遠不相似」

　　她閉起眼輕哼著這個耳熟能詳的旋律……

《詭異日常事件 IV》
全書完

世事無常，
及早回頭是岸。

# 點子出版
## 點子網上書店
**www.ideapublication.com**

含忍・死人・的士佬

壹獄壹世界

援交妹自白

殘忍的偷戀

殘忍的雙戀

成為外星少女的導遊

成為作家其實唔難

港L完

信姐急救

西謊極落

公屋仔

十八歲留學日記

西營盤

毒舌的藝術

新聞女郎

黑色社會

香港人自作業

爆炸頭的世界

婚姻介紹所

賺錢買維他奶

獨居的我，最近發現家裡還有別人

精神病人空白日記

設計 Secret

This is Lilian

This is Lilian too

空少傭乜易

有得揀你揀唔揀

由數個巧合
組成怪事，
事情再也不單是
巧合了。

# 詭異日常事件Ⅵ
## Creepy Six

作者 ● 南凱因

出版總監 ● 余禮禧
特約編輯 ● 李智恒

美術設計 ● 王子淇
設計助理 ● 郭海敏
製作 ● 點子出版

出版 ● 點子出版
地址 ● 荃灣海盛路 11 號 One MidTown 13 樓 20 室
查詢 ● info@idea-publication.com

印刷 ● 海洋印務有限公司
地址 ● 香港仔大道 232 號城都工業大廈 4 樓
查詢 ● 2819 5112

發行 ● 泛華發行代理有限公司
地址 ● 將軍澳工業邨駿昌街 7 號 2 樓
查詢 ● gccd@singtaonewscorp.com

出版日期 ● 2017 年 7 月 19 日
國際書碼 ● 978-988-77957-8-0
定價 ● $88

Printed in Hong Kong